誰が勇者を殺したか

駄犬　イラスト toi8

亡き勇者を讃えるべく、
その偉業を文献に編纂する
――アレクシア

誰が勇者を殺したか

駄犬

角川スニーカー文庫

23839

Who killed the brave.

CONTENTS

プロローグ …… 004
——市井にて—— …… 009
レオンの章 …… 011
断章一 …… 020
断章二 …… 029
マリアの章 …… 048
断章一 …… 056
断章二 …… 067
ソロンの章 …… 077
断章一 …… 084
断章二 …… 095
アレスの章 …… 104
断章一 …… 113
断章二 …… 123
断章三 …… 136
断章四 …… 144
アレクシアの章 …… 152
断章一 …… 162
断章二 …… 169
預言者の章 …… 180
断章 …… 198
勇者の章 …… 217
エピローグ …… 228
とあるスイーツの店にて …… 235

プロローグ

prologue

この国の王家は女系だった。

元は神に仕える巫女《みこ》の血筋だったらしいが、その時々の有力者を婿に迎え、王にすることでその血統を守ってきた。

婿になるのは国内の貴族であったり、他国の王族であったり様々だが、ほとんどの場合、高貴な血筋を求められる。

ただひとつだけ例外があった。

それは勇者だ。

周期的に現れ、人の世界を滅ぼさんとする魔王。勇者はその魔王を倒す者だ。この国では、その勇者に褒賞として王の地位を約束するのだ。王家も勇者を迎えることで、王家としての正統性を保ち、世界を救った国としての地位を誇示する。

そうやって王家は永らえてきたのだ。

そして、十五年前、この世界に魔王が現れた。魔人と呼ばれる強力な種族を統べる王。

人が崇《あが》める神を敵視し、その眷属《けんぞく》たる人を滅ぼさんとする者。

激しい戦いの結果、すでに世界の半分は制圧され、この国も侵略の憂き目に遭っている。

そこに勇者は現れた。

誰が勇者になるのかは事前にはわからないが、預言者と呼ばれる人物によって導かれることが多い。

預言者はどこからともなく現れ、預言を残し、いずこかに去っていく。その正体は不明だ。

今回は四年前に国内の小さな村に現れ、勇者の出現を預言していった。

その預言された勇者は、国の勇者育成機関であるファルム学院に入り、頭角を現した。

他の当代の勇者候補であった剣聖レオン、聖女マリア、賢者ソロンをパーティーメンバーに引き入れ、今王宮へと招かれている。

わたしはこの国の王女アレクシア。勇者への褒賞品である。

父は勇者に若干の不満があるようだ。

曰《いわ》く、「身分が低い」「冴《さ》えない男だ」「レオンが勇者であってほしかった」等々。

母である王妃は祖母が死去すると同時に巫女の役割を引き継ぎ、今は神殿に入っているため、ここにはいない。この国の王女は伴侶として王を選び、子を成した後は巫女となって神殿に入って、一生を国に捧《ささ》げるのだ。

剣聖レオンは有力な伯爵家の次期当主であり、実力も身分も申し分なく、魔王が出現しなければ、彼がわたしの伴侶となっていたであろう。

以前会ったときは、本人もそれを自覚していたが、ロゾロフ大森林での戦いを経て、「自分は勇者ではなかった」と言い、自ら身を引いた。王を含めた周囲の人間は、それを残念に思っている。

わたしにとって、それはどうでも良かった。なるほど、レオンは確かに立派な人物だ。しかし、結局のところ、わたしの婚姻にわたしの意志は介在しない。であれば、勇者が誰であろうと、どうでも良いことだ。

わたしは幼いころから勉学、剣術、馬術などに励み、周囲から才能を評価されてきたはずなのだが、それでも自分の将来を自分で決めることすらできない。まったく、この国の姫というのは、呪いのようなものだ。何しろ、今までに王子が生まれてきたためしがないのだ。いっそ王子に生まれることができれば、もう少しマシな生き方ができたというのに。

わたしの思惑をよそに、謁見が始まり、玉座の間に勇者が入ってきた。

父である王は、ロゾロフ大森林における勇者の功績を称《たた》え、褒美を下賜し、正式に彼が勇者であることを認定した。

勇者アレスの誕生である。

わたしは褒賞として、彼に紹介された。

「我が娘、アレクシアだ。魔王を討伐した暁には、おまえをアレクシアの婿とし、この国の次期国王とする」

少しだけ場が騒めいた。それが慣習とはいえ、身分が低い者を王とするのを忌避する貴族たちがいるのだ。

しかし、勇者とて命を懸けるのだ。それなりの見返りがなければ、誰が好き好んで魔王領へと侵入し、魔王を倒してくるなどという無謀な冒険に身を投じようか。勇者などと体《てい》のいい言葉で誤魔化《ごまか》しているが、要は魔王に対する暗殺者である。

その暗殺の成功率を高めるために、勇者への褒賞はできるだけ本人を奮起させるものでなくてはならないのだ。

わたしとて世界が滅びては困る。

この勇者には精々頑張ってもらわなければならない。

そのためにはどのように振る舞わなくてはならないか、わかっているつもりだ。

わたしは跪《ひざまず》いている勇者のところまで歩いていくと、

「勇者様、魔王を倒し、世界をお救いください。わたしはあなた様のご帰還をお待ちしております」

と言った。わたしはまだ十二歳と少し幼いが、綺麗《きれい》だし、どう振る舞えば相手が喜ぶかくらいわかっているつもりだ。

ただし、世界を救ってほしいのは本音だが、帰還を待っているというのは嘘《うそ》だ。

勇者は平凡な外見をしている青年だった。栗毛色《くりげいろ》の少し跳ねた髪に、それに合わせたような茶色い瞳。よく鍛えられているようだけど、中肉中背で、これといった特徴がない。

彼は困ったような顔をして、わたしにだけ聞こえる声で言った。

「王女様、約束します。僕は必ず魔王を倒します」

彼は優しく微笑《ほほえ》んだ。

「でも、ここには戻りません。だから、貴方《あなた》は好きな人と結婚してください」

四年後、勇者はその言葉通り、魔王を倒した。そして二度と帰らなかった。

そこからさらに四年。ようやく落ち着きを取り戻した王国は、亡き勇者を讃《たた》えるべく、その偉業を文献に編纂《へんさん》する事業を立ち上げた。

――市井にて――

「勇者についてどう思うかですって？　それは魔王を倒してくれたんだから、ありがたい人ですよ。今わたしたちが生きていられるのは勇者様のおかげなのですから」

「剣が使えて、攻撃魔法も回復魔法も使えたっていうじゃないですか。偉大な人ですよね。亡くなってしまったことが残念で仕方ありません」

「惜しい人を亡くしたと思います。学院でも優秀だったと聞いていますし、これから先も勇者様のような方が必要とされるはずでしたのに」

「やっぱり、魔王を倒したときの傷とか呪いとかが原因で亡くなってしまったんですかね？　あんなに恐ろしい敵と戦ったんですから、結局は相打ちみたいになってしまったんじゃないかと」

「まあ凄《すご》い人だよな。魔王を倒しちまうんだから。でもよ、噂《うわさ》に聞くと、勇者はどこかの田舎の村出身なんだろう？　帰ってきたら、そいつが王になっちまうっていうのは少し怖いよな。国とか政治のこととか全然わからないんだろう？」

「なんで途中で死んでしまったんでしょうね？　魔王を倒したんだから、魔物になんか負けるはずがないのに。それがちょっと不思議ですよね？」

「俺はさ、剣聖が怪しいと思っているんだよ。何しろ伯爵様だしな。次期国王の座を狙って、やっちまったんじゃないのか？　勇者がいなければ、王女様と結婚するのは剣聖になるらしいじゃないか。おっと、この話は秘密にしてくれよ。何をされるかわかったもんじゃないからな」

「賢者様と聖女様が幼なじみって話を聞いたことがあるんですよ。賢者様は聖女様のことが好きだったんじゃないですかね？　でも聖女様の心は勇者様に向かってしまって、それで賢者様が勇者様をつい殺《あや》めてしまったのでは？」

「やっぱり、聖女様を巡って争ったんじゃないでしょうか？　何しろあんなに美しい方ですからね。聖女様はきっと勇者様のことが好きだったと思うんですけど、それを妬んだ剣聖様と賢者様が結託して勇者様を亡き者にしたのでは？　それを思うと、未《いま》だに独身を貫いている聖女様のことがあまりに不憫《ふびん》で仕方ありません」

「平民出の方だというじゃありませんか。やっぱり貴族の方々が、それを良く思わなかったんじゃないですかね？　帰ってきたら王様になって、平民の言う事を聞かなければならなくなるのでしょう？　それを嫌って誰かに命じて、勇者様を殺してしまったんじゃないかと思うんですよ」

レオンの章

「あいつは友だったよ」

勇者アレスとの関係性を聞かれた時の、彼の答えは簡潔だった。

服の上からでもわかるほど、身体は鍛えられ、引き締まっている。刈り込まれた金髪、短く整えられた髭《ひげ》、端正な顔立ちだが、見る者を圧倒する眼力が、彼が尋常ではない人物であることを示していた。

友――彼とアレスの関係はそんな単純なものではないはずだった。学院時代からの付き合いであり、死線を何度も潜《くぐ》り抜《ぬ》けた同じパーティーの一員。

レオン・ミュラー。剣聖レオンと称えられている彼は、かつて勇者候補の筆頭でもあった。

「特別な意味はない。ただ、あいつと会うまで、俺には友と呼べる人間がいなかった。それなりに身分の高い家に生まれたからな。貴族の家に生まれると、人間関係は上か下しかない。敬うか敬われるか、会った人間をそういう風に値踏みする。なかなか最低だろう？ 貴族とはそういうものだ」

そう言って、悪戯《いたずら》っぽい笑みを浮かべた。

今のレオンには、そういった貴族然としたところはない。むしろ、身分の分け隔てのない公明正大な人物として知られている。現に、わたしに対しても身分の違いを感じさせない、くだけた話し方をしている。

——では、アレスと会ったときはどうだったのか？

「俺はそのとき貴族だった。いや今も貴族だが、貴族という生き物だったんだよ。それも勇者候補だった。剣を使わせれば俺以上の者はいないという自負もあったし、勇者は自分に違いないと増長していた。周囲もそう俺のことを見なしていた。だから……」

レオンの目が陰りを見せた。

「あいつのことは嫌いだった。貴族のみが入ることのできるファルム学院に、土足で入ってきた平民。それも風貌の冴えない男だった。視界にすら入れたくなかった」

——今も存続しているファルム学院は、勇者の育成機関として名高いが、貴族のみが入れる学院ではない。むしろ、実力さえあれば誰にでも門戸を開いている。

「今は……な。当時は違った。設立当初の理念は失われ、貴族が自分たちの子弟に箔《はく》を付けるだけの機関に成り果てていた。もちろん、金があれば入れたから、建前上、入学には身分は必要なかったが、わざわざ、そんなところに入ろうなんていう酔狂なヤツはほとんどいなかったよ。強くなりたければ、私塾に入るなり、高名な剣士の弟子になるなり、冒険者として経験を積むなり、方法はいくらでもあった」

——ではなぜ、アレスはファルム学院に入ったのか？

「簡単だ。あいつは勇者になりたかったからだ。強い戦士になる方法はいくらでもあるが、勇者として認められるには、ここに入るしかなかった。まあ、考えてみれば学院に入らなければ勇者になれないなんてことはなかったんだが、当時はそう信じられていたし、あいつもそう思っていた」

——初めて会った時はどうだったのか？

「忘れた、と言いたいところだが、今でも夢に見る。一瞥《いちべつ》して吐き捨てるように俺は言ったんだ。『おまえに勇者になる資格はない』と」

——アレスは何と答えた？

「『それでも、ならなければならない』と言った。平民に口答えされるとは思わなかったから、俺は激怒したよ。その場で斬り捨ててやろうかと思ったが、さすがに教員に止められた。学院内での刃傷沙汰《にんじょうざた》は困る、とな。教員たちも、あいつのことを場違いな人間と思っている節はあったが、さすがに殺すのは不味《まず》いと思ったんだろうな」

——アレスはどんな生徒だった？

「凡庸だったよ。学院に入る前は少し冒険者をやっていたようだったから、戦闘技術はそれなりにあった。だが、剣の型も我流だったから、基本からやり直されていたな。卒業までに何度も試合をしたが、俺が負けることはなかったよ」

――勇者アレスは学院時代から素晴らしい成績を収めていたと信じられているが？

「あれは後付けだ。魔王を倒したから、学院時代の顔見知り連中が掌《てのひら》を返したように褒《ほ》め称《たた》えた。『学生のときから勇者の輝きを見せていた』とかな。あいつは輝いてなんかなかった。だが、異常ではあった」

――異常？

「授業の模擬戦では、勝つか、自分が本当に倒れるまで戦った。少々のダメージでは諦めなかった。教員相手でも本気で立ち向かった。教えられた内容でわからないことがあれば、理解できるまで教員か同級生に聞いていた。型をなぞった反復練習は、夜遅くまで行っていた」

――それだけなら熱心な生徒、というだけではないだろうか？　勇者の逸話としては、むしろ弱い。

「熱心というレベルではない。あいつには休憩という概念がなかった。自由な時間を一切持たなかった。時間はすべて『勇者になるため』に使っていた。あいつは寝ていたんじゃない。活動の限界が来て、倒れていただけだ。平民だからだと、ちょっかいを出していた連中も、すぐにあいつに関わらなくなった。誰が見ても常軌を逸した執念だったからだ」

――そこまで努力をしていても、彼は平凡だったのだろうか？

「いや、それなりに成長はあったよ。というより、『そこまですれば成果もあるだろう』という程度だ。努力しても才能の差は超えられない。それは厳然とした事実だ。結局、剣では俺に及ばなかったように、他の分野でも一番になることはなかった。無論、成績は悪くなかった。だが、あそこまでやれば、誰でもその程度の成績を取れる。……まあ、あの努力をできる人間はいないだろうがね」

——確かに卒業時、アレスは首席ではなかった。首席を取ったのはレオンだったはずだ。

「俺が首席を取れたのは、伯爵の息子というバックボーンがあったからだ。同時期に王族がいれば、そいつが首席を取っただろうさ。もっとも、俺は相応に成績が優秀だったがね」

レオンはニヤリと笑った。不敵だが、人好きのする笑みだった。

——ところで、あなたはアレスを友と呼んだが、一体いつそのような関係になったのか？

「三年時の終わりにある野外演習のときだ。三年間で学んだことの総決算として、魔物と戦うためにロゾロフ大森林へと遠征した」

——ロゾロフ大森林は今でも魔物の出没する魔境として知られる。ファルム学院では、現在でもこの野外演習が伝統行事として行われている。

「魔境といっても、場所によって魔物の強さは随分と違う。あそこは国がいくつも入り込んでいるくらい広いからな。生徒たちが行くのは、比較的弱い魔物が出る領域だ。熟練の冒険者であった教員もついていくし、護衛のための騎士も同行する。危険はほとんどない……はずだった。だが、魔人のひとりが、この演習を狙った」

──その話は有名だ。勇者の英雄譚《えいゆうたん》のひとつにもなっている。襲い掛かる魔人を、後に勇者のパーティーとなるメンバーたちが倒したのだ。

「あれは英雄譚と言えるような恰好の良いものではない。引率の教員と護衛の騎士のほとんどが殺されている。もちろん、生徒たちにも犠牲者が出ている。言ってみれば、王国の失態だ。それを誤魔化《ごまか》すために、生き残った生徒が英雄に祭り上げられた」

──確かに、たくさんの犠牲者が出たことによって魔人の強さが強調され、それがゆえに、学生でありながら魔人を撃退した勇者たちの勇敢さが引き立てられている。

「後で思い知るが、あの魔人は、魔人の中では強くはなかった。ただ狡猾《こうかつ》だった。勇者になるかもしれない学生を殺すことで、少ないリスクで功績を立てる狙いがあったのだろう。教員や騎士たちも、俺たちを守る戦いを強いられなければ、もう少し善戦できたはずだ」

──弱くても魔人といえば魔物の中では最強クラスの種族である。魔人を相手に、生徒たちは何故《なぜ》勝てたのか？

「簡単な話だ。実力的には最初から勝てたんだよ。学生といえども、俺やマリア、ソロンの力は抜きん出ていた。ただ、実戦経験がまったく足りていなかった。弱い魔物なら倒せても、自分たちより強い魔物を連携して倒す術を知らなかった。俺はひとりで斬りかかって、あっさり倒された。ソロンは自信のあった魔法が通用せずに混乱していた。マリアは回復できない死体を前に呆然《ぼうぜん》としていた」

――聖女マリア、賢者ソロンは、言わずと知れた勇者パーティーのメンバーだ。だが、このとき彼らはまだ力を発揮できていなかった。ではアレスはどうしていたのか？

「あいつは……魔人を見るなり、逃げろと皆に指示していた。固まらずにバラバラに逃げろと。一戦も交えず逃げろとは、臆病なヤツだと思ったよ。だが、あの指示に従った生徒たちが生き残り、立ち向かおうとした連中が死んだ」

――アレス自身は？

「逃げた連中を追おうとする魔人を阻んでいた。決して正面から立ち向かおうとはせず、間合いをとって牽制《けんせい》した。ひとりでも多くの人間を助けようとしたのだろう。だから、俺が魔人に倒されたときも、あいつはその間に割って入った。あいつが来なければ俺は死んでいた」

――アレスはあなたも逃がそうとしたのか？

「いや、俺には『立て！　そして、戦え！』と言ったよ。ひどいとは思わないか？　たった今、魔人と戦って負けた俺に『戦え！』と言うんだぞ？　戦っても勝てるわけがないと思ったよ」

――でも、あなたは戦った。

「生まれて初めて完膚なきまでに叩《たた》きのめされて、俺のプライドはズタボロだったが、それでも平民がひとりで戦っているんだ。貴族の、伯爵家の俺が逃げるわけにはいかなかった。それにあいつは言うんだ。『勇者になるんじゃなかったのか？』ってね。なけなしの勇気を振り絞って立ち上がったよ。

今考えれば勇気ってやつを出したのは、あのときが初めてだったと思う。俺はあのときまで人生で勇気を出したことなんかなかった。一度も困難に立ち向かったことなんかなかったんだ。だから、魔人という脅威に直面したとき、あっさりと心を折られて死を覚悟した」

――勝てない相手にあなたはどうやって戦ったのか？

「あいつと同じ戦い方をしたよ。正面から向かわず、距離を取り、隙を見て斬りかかる。俺が弱者の戦い方と嘲《あざわら》った、騎士にはあるまじき戦い方だった。しかし、やってみてわかった。あの戦い方は自分よりも強い相手には有効だということを。個体として人間よりも強い魔物には、最初からそういう戦い方をすべきだったんだ。

俺とあいつで、魔人の隙を見て何度も斬りかかった。あいつの指示を受けて、ソロンは牽制する目的で魔法を使うようになった。マリアも戦っている俺たちの回復に専念するようになった。で、勝ったわけだ」

――初めて勇者のパーティーが機能した戦いだった？

「言ってしまえば簡単だがね。戦っている間は勝てるなんて思ってなかった。俺たちの攻撃が効いているかどうかもわからなかったしな。ただ、あいつが何の躊躇《ためら》いもなく戦っていたから、俺たちも戦えたんだ。あいつだって何度も何度も倒されていたんだ。だが、あいつは何度倒れても、すぐに起き上がって立ち向かった。

後で俺は理解したんだが、あいつは授業の模擬戦のときから、こういう戦闘を想定していたんだろう。だから、模擬戦で何度倒されても、簡単に負けを認めずに勝てるまで挑んだ。俺たちが何となく受けていた授業で、あいつは多くのことを学んでいたわけだ。強い相手にどう立ち回ればいいのか、どう戦えばいいのか……そういった差が、あの野外演習で出た」

——命を助けられたから友だと思ったのか？

「そうかもしれないし、そうでないかもしれない」

レオンは虚空に目をやった。

「俺はあのとき『ああ、こいつが勇者だったのか』と思った。負け惜しみじゃないが、態勢を立て直した後、魔人にもっともダメージを与えたのは俺だ。実力的に言えば、やはり俺のほうがあいつより強かった。でもそういうことじゃない。勇者に強さは必要だが、それだけじゃない。無論、身分などまったく関係なかった。勇者はその在り方こそが問われる。

俺は勇者ではなかった。そして、初めて人のことを認めた。身分が上とか下とか関係なく、対等の人間として、な」

——何故、勇者は死んだのか？

「それがアレスという男の運命だったのだろう。それだけのことだ」

断章一

fragment 1

学院に入学した直後、教室で声をかけられた。

「おまえに勇者になる資格はない」

金髪の、身なりも体格も良い青年だった。青い眼《め》が印象的で、顔立ちも整っている。

「それでも、僕は勇者にならなければいけないんだよ」

僕がそう答えると、青年は怒って、腰の剣に手をかけた。

教員が慌てて間に入ったので、その場は収まったが、以降、彼には目の敵にされた。

金髪の青年の名がレオン・ミュラーであることはすぐにわかった。クラスでは圧倒的に目立っていたし、伯爵の息子ということで、教員の中にも彼にへつらう者がいた。そして、剣の腕も確かだった。

血筋にも体格にも才能にも恵まれた上に、彼は努力を怠らなかった。授業以外でもしっかりと鍛錬を行っており、己の才能に己惚《うぬぼ》れる気配はなかった。もちろん、勇者候補の筆頭だ。彼が勇者になるのではないかと思った。というより、そう願った。

「レオンが勇者になってくれれば、僕は勇者にならなくてもいいじゃないか」

そんな虫のいいことを考えた。とはいえ、彼が本当に勇者になるまでは、僕は諦めるわけにはいかない。勇者なんていう業《ごう》を、レオンに押し付けるわけにはいかなかった。だから、僕はレオンよりも鍛錬に励むことにした。彼が授業外で行っている鍛錬の、倍の鍛錬を己に課した。

幸いなことに時間だけはあった。レオンの周りには人が集まり、彼はある程度の人付き合いを余儀なくされていたが、僕の周りには誰もいなかったので、授業以外の時間をすべて鍛錬に充てることができる。

戦士クラスの教員は、年齢による衰えや怪我《けが》が原因で引退した元騎士が多かったが、腕は確かだった。

貴族階級のクラスメイトへの贔屓《ひいき》があったので、彼らが僕に直接指導してくれることは少なかったが、授業で教えてくれる内容はとても参考になる。僕に好意的な教員は少なかったものの、わからないことがある場合、質問すればちゃんと答えてくれた。

その教えを念頭に、学院の校舎裏など人目につかないところで、ひたすら剣を振るう。

さらに可能であれば、鏡やガラスのあるところで剣を振るって、自分の型を確認した。

授業を通じてわかったことだが、僕の剣の使い方は無駄が多かった。正式に剣を習わずにきたが、余分な動作が多かったことを痛感させられた。

それと比べると、レオンの剣は理想的なものだった。剣筋が糸を引くように美しく無駄がない。彼の剣の型を手本に、僕は鍛錬に励んだ。授業の模擬戦でも、可能な限り彼に挑んだ。その度に僕はレオンに叩きのめされ、「早く学院を出ていくことだな」と侮蔑された。

ただ、不思議なことにレオンは他の生徒が僕を馬鹿にすることは嫌っているようだった。

一度、僕がうっかりクラスに剣を置き忘れたとき、その剣を他のクラスメイトが奪い、自分のものにしようとしたことがあった。

「おまえのような平民風情にはすぎた剣だ。俺が使ってやるよ」

と、そのクラスメイトは言い、周りの他のクラスメイトたちも嗤《わら》って、それに同意した。

「それは大切な剣なんだ。返してもらえないか？」

他のものは何を渡せても、その剣だけは渡すわけにはいかない。

僕はそのクラスメイトに詰め寄った。たとえ、どんなことをしても奪い返すつもりだった。

「なっ、何だ⁉　平民の癖に生意気だぞ！」

彼らは僕の勢いに少し気圧《けお》されたが、仲間の人数が多いのに任せて、僕の周りを取り囲んだ。

「おい」

そこにレオンが声をかけた。

「そこのおまえ、剣は戦士の何だと教わった？」

レオンは僕の剣を盗《と》ったクラスメイトに問《と》い質《ただ》した。

「えっ……あの……剣は戦士の命だと……」

問われた男は、しどろもどろになって答えた。

「ほう、ではおまえの命は盗品なのか？」

問われた男はびくりとして、

「いえ、これは違います。少しふざけただけで……」

「おまえはふざけて命を弄ぶ戦士になるのか？」

問い詰められたその男は、黙って僕に剣を返した。

それを確認したレオンは立ち去ったが、僕は追いかけて礼を言った。

「ありがとう、おかげで助かったよ」

「おまえは俺の話を聞いていたのか？」

それに対して、レオンは辛辣だった。

「俺は剣は戦士の命だと言ったんだ！　それを人に取られるなど、戦士にあるまじき失態だ！　人の剣を奪うのも愚かだが、それを置き忘れるヤツは、もっと愚かだ！」

まったくもってその通りだった。それ以降、僕は自分の剣を肌身離さず持つようになった。

※　※　※

三年の夏の終わり、いつものように校舎裏で剣を振るっていた僕に、レオンが声をかけてきた。

彼が僕に話しかけるなど滅多《めった》にないことだ。珍しく取り巻きを連れていない。

「大分、剣を振るうのが様になってきたな」

彼はお世辞や皮肉を言ったりはしないから、褒めているのだろう。僕は剣を振るうのを止めて、レオンのほうを向いた。

「レオンの剣の型を手本にしているんだ」

「そうか。俺はそこまで下手ではないが、俺を除けばおまえの型が一番マシだ。まあ、他の連中がまともに修練を重ねていないというのもあるがな」

嬉《うれ》しい言葉だった。基本ができていなかった僕は、入学したときは戦士クラスでもっとも剣術が下手だった。それが今はレオンが自分に次ぐと言ってくれているのだ。

ただ、僕とレオン以外のクラスメイトが真面目に授業を受けていないということも、また事実だ。彼らは下手に腕を上げて、魔王領に行くことを恐れているようだった。恐らくレオンはそのことに苛立《いらだ》ちを感じていたのだろう。

「ありがとう。努力してきた甲斐《かい》があったよ」

「そうか？　おまえの努力に見合った成果ではないと思うが。毎日剣を何千回も振るってその程度であれば、おまえには才能がないぞ？」

レオンの指摘は正しい。二年以上、昼夜問わず剣を振るってきて今のレベルなら、僕の才能はたかが知れている。

「それでも良い。僕は勇者にならなければならないんだから、たとえ僅かでも剣の腕を上げないといけないからね」

「何故《なぜ》そこまで勇者を目指す？」

レオンは真剣な表情をしている。

「僕の村に預言者が現れて、勇者の出現を預言したからだ。僕がやらなければ他にいない」

「おまえは自分が本当に勇者だと思っているのか？」

「どうかな？　あまり向いてないと思うけどね。本当のことを言うと、レオンのほうが勇者にふさわしいと思っているよ」

「はぁ？」

彼は心底呆《あき》れたようだった。

「じゃあなんで勇者になると言い張ったんだ？　俺に任せておけば良かっただろう。そうすれば、毎日あんな修練を重ねる必要もなかった」

「いや、それは悪いよ」

「悪い？」

「勇者なんてなるもんじゃない。みんなから勝手に期待されて、魔王を倒すという大役を一方的に押し付けられて、命を懸けて戦わなければならない。しかも、失敗すれば世界は終わりだ。これほど割に合わないものはないよ」

「…………」

レオンは少し逡巡《しゅんじゅん》した後、口を開いた。

「昨日、父上に言われた。勇者候補を辞退しろ、と」

「なぜ？」

レオンの父は勇者になることを期待していたはずだ。

「戦況がかなり悪い。とても、魔王領へ侵入することができるような状況ではないようだ。勇者だろうと魔王を倒すのは不可能だという判断だ」

なるほど、情勢が悪ければ、魔王領に入った勇者に対して支援もできない。支援がなければ、死地に飛び込むようなものだ。

「君のことを心配しているんだよ」

「そんなことはわかっている！」

レオンは叫んだ。

「だが、幼いころから俺は勇者になるために励んできたんだ！　勇者となり、世界を救うのが俺の夢だった！　今更命など惜しくはない！　しかし……」

伯爵である父の命令は絶対なのだろう。それも彼の身を案じてのことだ。とてもレオンには背くことはできない。

「僕が勇者になるから大丈夫だよ」

僕はまた剣を振るい始めた。

「きっと魔王を倒してくる。だから、大丈夫だ」

「俺より弱いおまえがか？」

レオンが顔を歪《ゆが》めた。

「何故そんなことが言い切れる？　おまえは凡人だ！　何の力もない！　魔王など倒せるはずもない！」

憎しみをぶつけるように僕を糾弾した。

「倒せるまでやるさ。一度駄目だったら、二度やる。二度目も駄目だったら、三度目を狙う。それだけのことだよ」

僕はそこまで楽観主義者ではない。一回でそう簡単にうまくいくとは思ってなかった。

「何を言っている？　一度失敗したら、そこで終わりだ。二度目などない」

「それでもやるしかない。肝心なのは諦めないことと、冷静になることだ。自暴自棄になって命を無駄にしたら、そこでおしまいだ。何があっても、僕は最後までやり遂げてみせるよ。そのために攻撃魔法も回復魔法も習得した」

「………」

しばらく僕の顔を凝視した後に、レオンは言った。

「ふん、偉そうに。平民に何ができる？　やはり魔王を倒すのは俺だ。おまえひとりにすべてを押し付けて、国で安穏と待っていることなど俺にはできん。平民に世界の命運も任せるなんてことは、俺の矜持《きょうじ》が許さんのだ。誰が何と言おうと、俺は魔王領へ行く。必ずな」

そのまま立ち去ろうとしたレオンだったが、思い直したようにこちらを振り返った。

「ひとつ約束しろ。俺が勇者になったら、おまえは俺のパーティーに入れ」

思いがけない言葉だった。

「僕が勇者になったら？」

「万が一にもありえんことだ。だが……」

レオンは不敵な笑みを見せた。

「そのときはおまえのパーティーに入ってやるさ」

断章二

fragment 2

俺は幼いころから周囲に期待されて育ってきた。伯爵家の長男というのは、そういうものだった。

我がミュラー家は王国を支え続けてきた柱であり、王国の武の象徴でもあるので、強くあるのは当然だったわけだ。

気付いたら刃引きのしてある小さな剣を持たされて、剣を振るう練習をさせられていた。

別にそれが嫌だったわけじゃない。剣の訓練は好きだったし、やればやるだけ上達しているという手ごたえがあった。剣の指導をしてくれていた叔父上はもちろん、父上も母上も褒めてくれた。

結果として、剣そのものが俺の存在価値となった。

ただ、いかに武門の家といえども、剣が上手《うま》ければ良いというものではない。現に我が一族でもっとも剣が使えたのは叔父上だったが、次男ということで家を継ぐことはできなかった。結局、貴族は血筋がモノを言うわけだ。しかし、時代は変わろうとしていた。

魔王が現れたのだ。

魔王とその配下の魔物たちは、圧倒的な数と力で人間の国に侵略を始めた。

俺が六つの頃だ。南で魔王軍との大きな戦いが起こった。この国からも軍を出すことになったらしい。しかし、陛下の命令を受けた父上は自ら出陣せず、代わりに叔父上が軍を率いた。伯爵家の当主だから万が一のことがあってはならない、そんな理由だった。

叔父上は魔王軍の侵略を受けていたマリカ国の救援に赴き、その武勇を遺憾なく発揮して魔王軍を撃退した。ただ、到着したのが遅く、マリカ国は滅亡してしまった。

もし、父上が即座に決断して、自ら出陣していれば、マリカ国を救えたかもしれない。

それが残念だった。

一方で、他の貴族とは違い、自ら前線に立って活躍する叔父上を俺は尊敬した。

叔父上も息子がいなかったので、俺を実の子のように可愛《かわい》がってくれた。叔父上には娘がひとりいて、俺よりひとつ年下だった。

従姉妹《いとこ》にあたるその娘も、俺を兄と慕ってくれて、共に剣術に励んだ。さすが叔父上の娘だけあって、筋はかなり良かった。従姉妹が男であれば、俺を上回る剣士になっていたかもしれない。彼女としのぎを削ったおかげで、俺の剣はさらに上達していった。

時が進むにつれて、国には重い空気が漂うようになった。一度は撃退したものの、魔王軍は着々と勢力を広げており、やがてはこの国にもその魔の手を伸ばすと思われた。

だが、そのときこそ俺の力が必要となるのだ。

「この剣の力で国を救ってみせる」

そう思って、ずっと研鑽《けんさん》を重ねた。叔父上が「俺を超えた」と言ってくれた。十代で剣聖と呼ばれるようになった。だが、気が付くと周囲から浮くようになっていた。

本気で国を救おうと思っているヤツがいない。周囲の人間は皆、自分が戦わずに済むことばかり考えている。身分が高くなれば高くなるほど、その傾向が強くなった。

こんな馬鹿げたことはない。貴族だからこそ率先して、国のため、民のために戦わなければならないはずだ。

俺は自分が勇者となり、世界を救うことで、この国の王となり、貴族の在り方を正そうと思った。勇者となるのは自分しかいないと信じて疑わなかった。

けれども、他にも同じ志を持つ者が、その身を捧げて民のために戦う者が、どこかにいるのではないかと願っていた。

※　※　※

十五になり、ファルム学院へ入ることになった。

勇者を育成するための機関。選ばれた貴族のみが入れる場所だ。ここに来れば勇者を目指す貴族もいるのではないかと、淡い期待を抱いていた。

そこにいたのがアレスだった。平民の分際でファルム学院に入ってきた身の程知らず。

平民は貴族に守られるものだ。そうでなくては貴族が貴族たる由縁がなくなる。

確かに勇者は身分を問わないものかもしれない。だが、貴族から勇者を出さねば、俺たちは単に国に寄生しているだけの存在になり下がる。

「おまえに勇者になる資格はない」

気付けばそう言っていた。

資格？　何故資格がいるのだろうか？　誰が勇者になってもいいはずだ。ただ俺はどうしても許せなかった。自分たちが偽物の貴族になってしまうことが。

「それでも、僕は勇者にならなければいけないんだよ」

アレスはまっすぐに俺を見据えて答えた。そこには覚悟があった。学院に入学したというのに、へらへら笑うばかりで緊張感のない他の貴族の子弟たちとは違った。

俺は剣に手をかけた。すると周りの連中が一斉にそれを止めた。

何故止める？　おまえたちには危機感がないのか？　貴族でありながら、平民に救われたとなれば、俺たちには何の存在価値もないのだぞ？

断言しても良い。こいつは本気で勇者を目指している。

そんなヤツは俺以外に見たことがなかった。

俺は見込みのありそうな何人かに聞いたことがある。

「勇者を目指しているのか？」と。

答えはいつも同じだ。

「勇者はレオン様に決まっているじゃないですか」

媚《こ》びるような目をしてそう言う。

何故だ？　勇者は誰がなるのか決まったわけではない。世界を救う覚悟さえあれば、誰しもが目指すべきものだ。

であれば、貴族や騎士がそれを目指さなくてどうする？

貴族や騎士だからこそ、民のために戦わねばならないというのに。

もちろん、俺は勇者になる。世界を救う。この国の王となって民を幸せにしてみせる。

けれど、その道はひとりで歩むものではないはずだ。大勢の者たちと研鑽しながら、頂きを目指すものであるべきだ。

その道を俺ひとりで歩めというのか？

荒野をひとりで行けというのか？

何故《なぜ》おまえたちは志を持とうとしないんだ？

その荒野にようやく現れた者が、よりにもよって平民というのはどういうことだ？

おまえたちは嘲笑《あざわら》っている。その平民が勇者を目指していると語ったことを。

嗤《わら》うな。

覚悟なき者が覚悟を持った者を嗤っていい道理がどこにある？

ファルム学院は勇者を育成する機関だ。ここに入学した以上は、勇者を目指すべきなのだ。にもかかわらず、勇者を目指すことをせずに、目指している人間を嘲笑うことほど醜悪なことはない。

アレスは俺が剣に手をかけても動じなかった。こいつは本物なのだ。だが、それを認めるわけにはいかない。

俺は貴族で、こいつは平民なのだから。

※　※　※

学院での授業が始まり、剣術の模擬戦が行われるようになると、アレスは俺に勝負を挑んできた。
周囲の連中は
「平民如《ごと》きがレオン様に相手をしてもらおうなどと図々《ずうずう》しい」
と、それを阻もうとしたが、俺は受け入れた。

簡単な話だ。アレスが俺の相手をしなければ、他に相手をする者がいない。遠慮しているのか、実力差がありすぎて試合をしたくないのか知らないが、俺に挑もうとしてくる者がいないのだ。アレスが相手をしなければ、俺の相手は教員しかいなくなる。

そして模擬戦が始まった。

アレスが正眼に構えた。力が入っていて形が汚く、雑さを感じさせる。それを見たクラスの連中が失笑した。

恐らく正規に訓練を受けていないのだろう。実戦あがりの冒険者や傭兵《ようへい》のそれに近い。

この時点で大した技量はないことがわかった。

俺は剣を片手に下げたまま、何の構えも取らなかった。力を抜くことで、身体を軽く、柔らかくし、相手の動きに即座に対応することができる。

「せやっ！」という声とともに、アレスは剣を振りかぶって踏み込んできた。

予備動作が大きい。間合いが遠い。剣で受ける必要すらない。

俺はそれを最小限の動きで紙一重でかわすと、剣を軽く動かして、アレスの首に当てた。

「まずは一本だが、続けるか？」

「続ける！」

アレスは間合いを取ると、すぐに構え直した。今度は慎重に距離を詰めてくる。

そのまま、俺の間合いに入ったので、下段から斬り上げる動きをとった。これはフェイントだが、つられたアレスは大げさな防御態勢を取る。それを見てから両手で剣を握り直して、上段から相手の肩へと一撃を見舞った。

ゴッ、と鈍い感触が腕に伝わる。練習用の木剣なので斬れはしないが、相応のダメージはいっているはずだ。

「ぐっ！」

アレスが苦悶《くもん》の声を上げて、しゃがみ込んだ。

「おおっ！」

周囲から感嘆の声が漏れる。今のは簡単な技だが、継ぎ目なく動くには、それなりに修練と技量が必要だ。それがわかっているのだろう。

「まだ続けるか？」

左手で右肩を押さえているアレスは顔を歪めている。

「……続ける」

結構なことだ。後で僧侶クラスの連中の良い練習台になるだろう。

アレスは二本目までの反省を踏まえて、動きを小さくして慎重に動くようになった。

また、俺の間合いに入ったが、今度はアレスから仕掛けさせた。すでにダメージを負っているので動きが鈍く、こちらから何をするまでもなかった。

そしてアレスが剣を振りかぶったところで、間隙を突いて胴に一撃を見舞った。

「ごふっ」と腹からすべての空気が抜けていくような声を漏らして、アレスは倒れた。

それで終わりだった。あばらの一本でも折れたかもしれないが、嬉々《きき》として回復魔法を試したがる連中はいくらでもいるから特に問題はない。

「早く学院を出ていくことだな」

俺は告げた。だが、俺を見返したアレスの目には、挫《くじ》けた色はなかった。


その後の模擬戦でも、アレスは俺に勝負を挑んできた。

正直に言ってアレスはクラスの中でも弱いほうだった。

型は我流だし、動きに無駄も多い。ただ、実戦経験があるらしく、他の生徒には感じられない気迫というか殺気のようなものはあった。

何をしてくるかわからないのだ。剣の勝負なのに足蹴りをしてきたり、剣を手放して摑《つか》みかかってくることもあった。勝つためなら手段を選ばず、生徒たちからは「下賤《げせん》なヤツだ」と非難を浴びたが、あいつは気にもしなかった。何が何でも勝つという執念があった。

しかし、それだけでは勝負にならない。俺とヤツとでは剣の実力に差がありすぎた。

アレスがかかってくるたびに、俺は完膚なきまでに叩《たた》きのめした。

「早く学院を出ていくことだな」

動けなくなるまで打ちのめした後に、毎回そう言った。それを聞いて、周囲の連中は俺がアレスを本気で追い出そうとしているのだと思ったようだ。

無論、本気だ。アレスは勇者を目指しているライバルなのだから、蹴落とそうとして当然の話だ。だが、おまえらはその対象ですらない。同じ場所に立とうとしない者に本気になれるはずがない。そして、アレスは何度叩きのめしても立ち上がってきた。

勇者を目指す者とはそういうものだと、俺に誇示するように。

気付けば俺はアレスを目で追うようになった。だが、あいつは俺のほうなど見ようともしない。俺を無視していたわけではない。すべての時間を、研鑽を積むことに費やしていたのだ。少しでも時間があれば教本を読み返し、まとまった時間があれば剣を振るった。要するに他の人間に時間を使っている暇などなかったわけだ。

学院の授業がすべて終わると、あいつは校舎裏で剣を振るっていた。

授業で教わったことを反復するように、身に染み込ませるように、丁寧に着実に一回一回振るった。

俺は毎日のようにそれを見ていた。少なくとも同じ荒野を歩く者が、もうひとりいることを確認していたのかもしれない。

「平民如きが必死なものよ」

俺の周りの貴族たちは言う。

必死であって当たり前だろう。俺たちは魔王と戦うのだ。その覚悟があれば、自然と必死になるものだ。

ただ、それにしてもアレスの努力は常軌を逸していた。あいつは休もうとしない。何かに追われるように走り続けた。

間違いなく、あいつは勇者になるための何かを経験していた。それが何かはわからない。聞けるようなものではない。

ひょっとしたら、それは俺に欠けているものなのかもしれない。

※　※　※

しばらく経《た》つと、アレスに関してある噂《うわさ》が流れるようになった。

僧侶クラスのマリア・ローレンに懸想して、何度も告白しているという噂だ。

(ありえん)

俺は一笑に付した。

マリアは確かに美しい。聖女と呼ばれるように、僧侶としての実力も群を抜いている。

以前、将来の自分のパーティーに加える候補としてマリアに興味を持ち、話をしたことがあった。しかし、あいつは美辞麗句を並べるばかりでまったく心の内がわからなかった。神を称《たた》える言葉が軽く聞こえ、神の存在を感じるからこそ、神を信じていないような女だった。まったく信用できない。そんな女にアレスが夢中になるとは思えなかった。

そして、さらに数か月経った後、今度はソロン・バークレイに魔法を学んでいるという話を聞いた。

「馬鹿なヤツですよ。勇者が本当に魔法を使えると信じているなんて」

クラスの連中はそう言って、あいつのことを貶《けな》していた。

確かにその通りだろう。魔法は一種の才能だ。使える者と使えない者は生まれた瞬間に決まっている。

だが、確かに勇者とは魔法が使える者という伝承はあった。それを真に受けて、アレスは魔法を覚えようとしているのだろうか？

であれば、マリアと接触したのは、回復魔法を覚えようとしての行動だったのかもしれない。無駄なことだ。あいつはまったく無駄なことをする。

気付けば、俺は家にあった魔法書を部屋に持ち出して、誰にも悟られぬように、それを読んでいた。書いてある言葉が古代文字なので、さっぱり読むことができない。それでも俺は辞書を引きながら、少しずつ読み進めた。

勉強は決して苦手なほうではない。将来、自領を運営するにあたって、様々な本を読んで知識を得ることは重要なことだったからだ。

しかし、魔法書はそのレベルではない。まず読めない。読めたとしても、文法が現在のものとは異なり、非常にわかりづらい。

魔法使いのクラスに入らなくてよかった、と心の底から思った。

そして、一月で魔術書を読むのを止めた。

いくらなんでも苦行がすぎた。読めない文字を解読し、精読して文章の意味を理解し、ようやく理解できた呪文を唱えてみても、まったく反応がない。何の変化も起きない。これを続けるのは俺には不可能だった。

(こんなことをアレスは続けているのか？)

これは正気の沙汰ではない。魔法の才能がない人間がやっているのだとすれば、頭がおかしいとしか思えなかった。

(さすがのあいつもこれは無理だろう)

基本的にアレスは不器用なヤツだ。そんな男が魔法を使えるようになるはずがない、そう俺は自分に言い聞かせた。

※　※　※

三年に進級してしばらく経った頃、アレスが回復魔法と攻撃魔法を使えるようになったという噂が流れた。

「大した効果はない」と誰もが侮蔑したが、その表情には畏怖が入り交じっていた。

実際、大したレベルではないようだ。だが、ヤツは俺ができなかったことを成し遂げたのだ。その努力は想像を絶していた。

それは剣に関しても同じだった。この頃になると、アレスは明らかに俺以外の戦士クラスの同級生たちより強くなっていた。正直、あの努力に見合うほどの成果ではなかったが、それでも確かに力を付けていた。

そして、三年になってもアレスは模擬戦で俺に挑み続けていた。

目の前に正眼に構えたアレスが立っている。構えに無駄がなく、適度に力も抜けていた。正眼の構えは基本ではあるが、一対一であれば、本来もっとも隙がない構えだ。

これに対して、俺は半身に構えて、相手に向けるように片手で剣を構えた。もはやアレスに対して構えを取らないという選択肢はなかった。

そのまま、お互いに間合いを探り合う。場の空気が張り詰めた。

アレスがスッと姿勢を低くして、滑るように突きを繰り出した。予備動作が小さく、隙がない。フェイントにも本気の一撃にもなりうる攻撃だ。

俺は横に飛んで、相手の側面を狙う一撃を見舞ったが、アレスはすぐに元の構えに戻って、しっかりと攻撃を受けた。無論、俺もその一撃では終わらず、連続で斬撃を放った。

フェイントも交ぜつつ、切れ目のない攻撃を仕掛けるが、アレスは最小限の動きで的確に防御してきた。

まったく変われば変わるものだ。戦士クラスの中でもっとも成長したのはアレスだろう。

元々、一番下手だったのだから当然だが、それゆえにこの学院に入った意味があった。

それに比べて、俺は学院生活で何か得たものがあったのだろうか？

日々弛《たゆ》まず研鑽《けんさん》は積んだ。しかし、それだけだった。

もっと上を目指すのであれば、安易に学院に入らずに、他の道を探るべきだったのではないだろうか？

叔父上と共に、前線に出て戦うという選択肢だってあったはずだ。戦場に身を置けば、学べることはまだまだあっただろう。前線が無理であれば、国内に出没する魔物たちを退治するという道もあった。そうすれば腕を磨きつつ、国にも貢献できた。

俺は『剣聖』の称号を持ちつつも、慣例通りにファルム学院に入ってしまった。

自分だけは国のことを考えていると自負していたにもかかわらず、その実、何も考えていなかったのではないだろうか？

俺の攻撃を必死に受けるアレスを見ていると、何故《なぜ》か後悔ばかりが頭に浮かんだ。

――せめて、こいつにだけは負けるわけにはいかない――。

アレスの意図は読めていた。俺の攻撃を受け切った後に、溜《た》めた力で返しの一撃を繰り出すつもりなのだろう。

俺はわざと一旦後ろに退く動きを見せた。

そこを逃さず、ぴたりと間合いを詰めて、アレスが上段から斬りかかった。

毎日何千と振るってきた、愚直に磨かれてきた一振り。派手さはなくとも、積み上げてきたものを感じる。

だが、予想通りでもあった。俺は横へ抜けるように動いて、すれ違いざまにアレスの胴へ一撃を加えた。

手ごたえはあった。二年前なら倒れているはずである。だが、アレスは立っていた。構えも崩していない。顔は苦痛で歪んでいるが、まだ戦う気だった。

その後は俺が圧倒したが、アレスは最後まで負けを認めず、幾度倒れても立ち上がった。もはやそれを愚かだと笑う者はいなかった。

勇者は不可能を可能にする人間のはずだ。ひょっとしたら俺は、できることをやってきただけにすぎないのかもしれない。

※　※　※

夏の終わりに、国境で魔王軍と戦っていた叔父上の訃報が届いた。魔人と戦って戦死を遂げたとのことだった。

強く優しい人だった。魔物如《ごと》きに後れをとることなどないと信じていた。

従姉妹《いとこ》は父親の死にも気丈に振る舞った。

「戦場で斃《たお》れるは、武門の習いです。父上も本望だったでしょう」と。

では、当主である俺の父が、戦場に立たずに生きているのはどういうことなのだろうか？

何故、『剣聖』である俺は戦場に立っていないのだろうか？

俺は彼女の姿を見て、自分の無力さを知った。

前線の指揮官であった叔父上の死は、それだけ状況が悪いことを示している。

「勇者候補は辞退しろ」

父上からそう告げられた。危険だからというのがその理由だ。伯爵家の跡取りを魔物との戦いで失うわけにはいかないのだろう。

いかにも貴族的な理由だ。だが、それではこの国はどうなる？　この世界はどうなるのだ？　それを守るのが貴族の務めではないのか？　叔父上は何のために亡くなったのだ？

俺はアレスのところへ赴いた。まともに話をするのは初めてだった。

「僕が勇者になるから大丈夫だよ」

俺の迷いを聞いて、あいつははっきりと答えた。入学した当時から何も変わっていない。

だが、俺はそこで気づいてしまった。

俺は無意識にアレスに勇者を押し付けようとして、ここに来たということに。

俺は父上に止められたくらいで、簡単に覚悟が揺らいでいたのだ。

情けなかった。

アレスは俺のほうが勇者にふさわしいとずっと思っていたにもかかわらず、それでも勇者になるために進み続けてきたのだ。あの荒野を孤独に歩き続けてきた。

ああそうか。人とはかくあるべきなのだろう。

できるできないではなく、やらねばならないのだ。

俺もそれに倣うとするか。負けるとしても、最後まであがき続けるべきなのだ。

たとえ勇者になれなくとも、世界のために力を尽くしてやる。

勇者には仲間が必要なのだから。

マリアの章

「私にとっても彼は勇者でした」

勇者との関係を問われて、彼女は温かい笑みを浮かべて答えた。

マリア・ローレン、勇者のパーティーで回復役を務めた僧侶。現在は司教として、教会の運営を取り仕切っていた。幼いころから神の奇跡——回復魔法を相手の身分の分け隔てなく施してきたことから、聖女マリアと呼ばれている。

「彼との付き合いは学院時代から始まりました。ある日、突然声をかけられたのです。『回復魔法を教えてくれないか』と。

最初はですね、口説かれているのかと思いました。私が男性から声をかけられるのは、決まってそういう目的だったもので」

マリアは悪戯《いたずら》っぽく笑った。絹のような長い黒髪に、陶器のような白い肌、神秘的な瞳。

勇者の英雄譚《えいゆうたん》でも美貌を称えられている彼女は、今でもその美しさは健在であり、ますます磨きがかかっている。

「ところが話を聞くとですね、彼は本気だったんです。勇者は攻撃魔法も回復魔法も使える戦士だと思い込んでいたんです」

――元来、勇者は攻撃魔法も回復魔法も使える戦士とされていたはずであり、今でもそのはずだが、そんなにおかしなことだったのだろうか？

「おかしなことでしたね。というより、攻撃魔法も回復魔法も先天的な才能が必要でした。あの頃、それらを両方とも持ち合わせた上に、戦士として大成することは不可能とされていたのです」

――だが、魔王を倒す勇者なのだから、不可能を可能にする存在なのではないだろうか？

「そう言われてしまえばその通りなのですが、何しろ二百年以上、そういった人物が現れなかったのです。学院でも設立当初は攻撃魔法も回復魔法も使える戦士を育成していたようですが、あまりの効率の悪さにすぐに止めてしまったようです。そもそも相性が悪いんですよね、攻撃魔法と回復魔法は。

魔法というのは世界の理をマナと捉え、それを利用する法ですが、我々僧侶は世界の理を神の恩恵と捉え、その力を代行して使うわけです。根本的な考え方が違うわけですから、両立させることが難しいのです」

魔法使いが使う攻撃魔法と神の奇跡である回復魔法の在り方の違いは、現在でも議論されていることだった。両立させる者は皆無ではないものの、その場合、どちらも低いレベルに留《とど》まってしまうという弊害があった。

「それに加えて戦士としての鍛錬と、僧侶としての鍛錬は異なります。学院でも目指す職業によってクラスが分けられたのは、専門分野に特化させて効率化を図る、という意図があったからです」

——それであなたはアレスに回復魔法を教えたのか？

「興味があったので。才能のない人が神の恩寵《おんちょう》を受けることができるのか、と」

マリアは慈愛に満ちた笑みを絶やさない女性だったが、その話は際どいものだった。そもそも、僧侶としての才能とは何なのだろうか？

「神の存在を感じられるかどうか——ですね。信心深さは関係ありません」

彼女はきっぱりと信心との関連を否定した。

「神の存在を感じるから信心が深くなることはあっても、信心が深いから神の存在を感じられるようになることはありません。私よりも信心が深い人たちを、今までたくさん見てきました。ですが、その人たちが神の存在を感じているかというと、そうではありません。これはもう、才能なわけです」

僧侶には先天的な才能——神の恩寵が必要ということは周知の事実ではあるが、こうまで信心との繋《つな》がりを否定するのも珍しいだろう。それも司教が、だ。

「別に禁忌でも何でもない話です。認めたがらない人たちは大勢いらっしゃいますが。

　さて、話を戻しましょうか。彼は才能もなければ信心すらない人間で、『神が実在するなら、何故魔物が存在するのか？』と考えていたわけです。身も蓋もない話ですね。ですが、戦士のように、実際に魔物と戦う人たちにはそう考えている人は少なくありません」

　神と魔物の関係性に関しては議論の的となることが多かったが、それに対して僧侶たちは一様に「それは神の深い思し召《おぼ》《め》しがある」と明確な回答を避けている。

「で、私は興味が湧いたのです。才能も信仰心もない人が回復魔法を使えるようになるのか──と。だから、彼に回復魔法を教えるようになったわけです」

──回復魔法を教えることなど、簡単にできるのだろうか？

「いいえ、簡単にはできません。特に才能のない人間には。神の存在をまったく感じたことのない人間に『神の存在を知覚しろ』というのは、かなり難しいことでした。犬に言葉を教えるようなものです」

──だが、それは上手《うま》くいったはずだった。英雄譚では、勇者は神の奇跡をも使えると謳《うた》われている。

「上手くいった──というのでしょうかね、あれは。彼は私に手ほどきを受けてから、少しずつ神の存在を感じるようになったようです。そして、二年以上費やして、ようやく初歩の回復魔法を覚えることができました」

──結果的に覚えられたのだから、それは成功なのではないだろうか？

「僧侶を目指す人ならば、遅くても一月程度で覚えられます。というより、そもそも才能があれば、無自覚にできてしまうことなんです。しかし、彼の場合は二年間、何の成長もなかったんですよ？　何故、努力を続けられるのか、まったく理解できませんでした」

――何の成果も上がらずとも、回復魔法の習得を目指したからこそ、勇者になれたのではないだろうか？

「そうでしょうか？　最初は私も、それを興味深く見ていました。『ああ、やはり才能のない人間には、神の奇跡は起こらないのだ』と。ですが、彼は二年経っても、まったく習得できる気配のない回復魔法を練習し続けたんです。普通の人であれば、三月も成果がなければ早々に諦めていたでしょう。才能や信仰心といった拠《よ》り所《どころ》があれば続けられるのかもしれませんが、彼にはそのどちらもない」

――何故アレスが回復魔法を練習するのか理解できなかった？

「古《いにしえ》の伝説の勇者は回復魔法が使えたという伝聞がありますが、それが真実であるかどうかはわかりません。それに十年以上前から今に至るまで、パーティーの役割分担がはっきりしています。戦士職は前衛として機能すればいいのですから、回復魔法を使う必要はないのです。それは常識といっていいでしょう。ですから、私だけでなく学院の人たち全員が、彼が回復魔法を練習するのを奇異に感じていました」

――言われてみれば、確かに前衛職の戦士が回復魔法を使う必要はない。使えたほうがもちろん便利だろうが、パーティーとしてしっかり機能していれば、その必要性は薄い。

「そういうことです。とはいえ、私は神の存在について教えただけで、つきっきりで練習を見ていたわけではありません。『才能がない』というような忠告は何度かしましたが、結局彼を止めることはできませんでした」

――しかし、アレスは回復魔法を習得してみせた？

「才能も信仰心もなくても、回復魔法は使えるようになることが証明されてしまったわけです。ただ、習得できたのは初歩の回復魔法だったので、大した意味はないと思っていました」

――初歩の回復魔法だと、小さな傷、打撲程度を治す癒《い》やしでしかない。

「その程度の傷や痛みは時間経過で治るものなので、あまり意味があるものとは考えられていませんでした。我々僧侶職の間でも、戦闘中に癒やす必要すらないダメージであるというのが常識だったんです。そんな小さな傷をケアしていたら、キリがありませんからね。ところが彼はそういった傷を癒やすことの重要性を知っていました」

――小さな傷も癒やしていくことが重要なのか？

「大したことがないと思っても、それを放置していくと、明らかに動きが鈍ってきます。というより、どんな傷でも大なり小なり動きに支障をきたすので、常に全力で動きたければ、すべての傷を癒やす必要があったのです。彼の大きなダメージは私が癒やしていましたし、小さなダメージは自分で癒やしていました。勇者の粘り強い戦い方は、初歩の回復魔法があってこそのものです」

——勇者の英雄譚では、どんな苦難や逆境にも屈することなく立ち向かい続けるアレスの勇敢さを称《たた》えている。その秘訣《ひけつ》は初歩の回復魔法にあったということか。

「そうですね。というより、彼はそういった小さなことを積み重ねていくことの重要性を知っていました。絶望的に強い魔物が現れても、些細《ささい》な傷を積み上げることで倒し、不可能と思われる困難が立ちふさがっても、地道な努力を積み重ねることで突破していきました。こう言ってしまうと簡単なように聞こえますが、それはとても時間がかかることだったんですよ？

三日三晩戦って敵を倒したこともありましたが、その後は全員その場で気絶するように寝てしまいました。あのとき襲われていたら、私たちは全滅していたでしょうね」

マリアはそのときのことを懐かしむように笑った。

——だが、そんなことばかりしていたら、旅はかなり長いものになってしまうのではないだろうか？

勇者の旅はそこまで長くはなかったはずだ。

「ええ、全部彼に任せていたら、とんでもなく時間のかかる旅になったでしょうけど、レオンもソロンも、当然私も優秀でしたから、大抵のことはあっという間に解決できたんです。それで彼に言うんです。『おまえに任せていたら魔王が寿命で死んでしまう』って。私たちはひねくれ者揃《ぞろ》いでしたから、そうやって彼を見下そうとしていたのかもしれませんね。でも彼はそういうときは笑って頭を掻いて、『ありがとう、助かったよ』って答えるんです。何だか私たちのほうがバカみたいでした」

──楽しそうに答えるが、あなたはアレスのことが好きだったのか？

「その質問には何度も答えてきました。そして、毎回同じことを答えています。アレスのことは好きではない、と。これは本当のことです」

そう答えた彼女の表情に嘘《うそ》はなかった。

──あなたはアレスのことが忘れられなくて、独身を貫いていると噂《うわさ》されているが。

「立ち入ったことを聞くのですね。単に婚期を逃しただけです。私にもう少し勇気があったら、とうに結婚できていたかもしれません。聖女と言われていますが、本当の私はとても臆病者な人間なんです」

──何故《なぜ》、勇者は死んだのか？

「悲しいことですが、それが神の思し召しだったのでしょう。アレスという人間の役割がそういうものだったとしか言いようがありませんね」

断章一

fragment 1

学院では、戦士、僧侶、魔法使いと、目指す職業でクラス分けされているのだが、専門分野しか学ぶことができなかった。これは完全に誤算だった。

『勇者を輩出する学校』ということで、戦士クラスでも、ある程度、攻撃魔法や回復魔法を学べると思っていた。しかし、近接戦闘と魔法を同時に教えることの効率の悪さと、何よりも魔法には生来の素質が必要なため、完全に分業化されていたのだ。

だからといって、諦めるわけにはいかない。勇者は攻撃魔法も回復魔法も使えなければならないし、何よりも僕自身がその必要性を感じていた。

「回復魔法を教えてくれないか」

声をかけたのは、マリア・ローレンという僧侶クラスの有名人だった。長く綺麗《きれい》な黒髪に、透き通るような白い肌を持つ美人さんだ。僕が今まで会った人たちの中でも、もっとも美しい女性だろう。

もちろん、美人だから声をかけたわけではない。他の僧侶クラスの人たちが授業を受けるのに必死で余裕がない中、彼女だけが泰然としていたので、僕に回復魔法を教えてくれるのではないかと期待したからだ。

また、彼女は聖女の呼び声が高く、慈愛の人として評判だった。

「戦士職の方は回復魔法を使える必要はないと思いますけど？」

彼女はにこりと笑って答えた。

「僕は勇者になりたいんだよ。だから、魔法も使えるようになりたいんだ」

そう言うと、マリアは目を丸くした。周囲にいた他の人たちもざわついた。

「そうですか……確かに勇者はそういった人物であるとされています。しかし、今では剣と魔法を両立させるのは効率が悪いとされ、あまり推奨されていないのですが、それはご存じですか？」

「知っている。教員に同じことを言われて、回復魔法を教えることを断られた」

「はぁ、教員に断られたから、私に教えてほしいと」

「そうだよ。君は僧侶クラスでも優秀で、聖女のように慈悲深いと聞いて、それなら教えてくれるんじゃないかって思ってね」

「あなた、いくらマリア様が優しいからといって、図々《ずうずう》しいとは思いませんか？」

そう口を挟んだのは、少し太めできつい顔をした僧侶クラスの女の子だった。その佇《たたず》まいは、僧侶職より戦士職のほうが似合っていそうである。

「いえ、構いません」

マリアがその太めの子にやんわりと言った。

「そうですね、聖女とはほど遠い、まだまだ修行中の身ではありますが、人を導くのも神に仕えるものの務め。私に時間があるときで宜《よろ》しければ、神について教えて差し上げましょう」

マリアは慈愛溢《あふ》れる笑顔を浮かべた。

それを聞いた周囲の人間は口々にマリアを褒《ほ》め称《たた》えた。

「何とお優しい」「さすが聖女様」「あのような平民にも神の教えを説くだなんて」

僕もこのときは心からマリアに感謝し、お礼を言った。

ただ、後で思い知ることになる。

「聖女とはほど遠い」という言葉にまったくの嘘偽りがなかったことに。

※　※　※

それから、しばらくしたある日、校舎裏で剣を振るっていた僕に、マリアが近寄ってきた。

「アレスさん、宜しいですか？」

「ああ、マリア。ひょっとして回復魔法について教えてくれるの？」

「いえ、神の存在の感じられない人に、回復魔法について教えても無駄です。例えるなら、猿に算術を教えるようなもの。わかりますか？」

「……まあ、何となく」

さらりと猿に例えられたことに引っかかったが、一応納得はした。

「で、どうやれば、神の存在を感じられるんだい？」

「美味《おい》しいパンを買ってきてください」

マリアはにこりと微笑《ほほえ》んだ。

「え？　パン？　それが神とどういう……」

「考えてはいけません。感じるのです。さあ、パンを買ってきてください。ダッシュです」

釈然としなかったが、僕は教えられる側なので、とにかく全速力でパンを買いに走った。

そして、学院の売店でなるべく美味しそうなパンを買い求めると、それを片手に僕は校舎裏に戻った。

「何ですか、これは？」

マリアは虫の死骸でも見るような冷たい眼差しで、僕が買ってきたパンを見た。

「何って、パンだけど」

「ふぅ……」

マリアはわざとらしいくらい大きなため息をついた。

「わかっていませんね。私は美味しいパンと言ったのです。あなたはちゃんと神に語り掛けましたか？『美味しいパンはどこにありますか？』と」

「え？　神様は美味しいパンがどこにあるか知っているの？」

ひょっとして神はパンマニアなのか？

「神は全知全能ですから、すべて知っておられます。

美味しいパンだろうとスイーツだろうと。

あなたは神の存在を知覚して、パンを買ってこなければならなかったのです。それを近くの売店のパンなどで済ませようとは……神に対する冒瀆《ぼうとく》ですよ？」

どうやら美味しいパンを探すことが、神を知る第一歩だったらしい。……いや、本当か？

「まあ良いでしょう。今日のところはそのパンで許します。私は慈悲深いですし、お腹《なか》は減っているので」

「えっ？」

ひょっとしてお腹が減っていたから、小間使いにされただけ？

「次からは気を付けてくださいね」

マリアはそう言うと、僕からパンを奪って去っていった。

※　※　※

そしてまた寒い冬のある日、僕はマリアに河原に呼び出された。

「慈悲深い私が、あなたのために試練を考えてきました」

この時点で嫌な予感しかしなかった。

「いや、その、普通の方法で教えてくれればいいんだけど？」

「何を言っているんですか、あなたは幼い頃に神父様から手ほどきを受けたにもかかわらず、神の存在を知覚できなかったのでしょう？　普通の方法で良いわけがないじゃないですか？」

マリアがオーバーなくらい呆《あき》れた表情を見せた。

「そんな哀れな子羊のために、私がわざわざ試練を考えてきたんですよ？　まさか嫌だと仰《おっしゃ》るのですか？」

「そう言われると、嫌とは言えないけど……」

「ですよねぇ。では始めましょうか？」

マリアはおもむろに河原の石をひとつ拾うと、その石に祈りを捧げた。

神の加護を受けた石はぼんやりと光を宿す。

「この石を受け取ってください」

僕は淡く光る石を手渡された。

「これ、どうするの？」

「川に向かって思いっきり投げてください。遠ければ遠いほど良いです」

言われるがままに石を投げたが、かなり川幅が広いため、ちょうど川の中心あたりにドブンと石は落ちた。

「じゃあ拾ってきてください」

「はぁ⁉」

何かとんでもないことを言い出したぞ、この女。

「神の加護を受けた石です。神の存在を知覚できれば簡単に捜せるはずです」

「いやいやいや、わざわざ川底でそれを捜す意味なんかないよね？」

見るからに水深の深い川だ。流れも速い。下手をすれば溺れてしまうだろう。その川底を捜すなど正気の沙汰ではない。

「はぁ……何を言っているのですか」

マリアは大きなため息をついた。

「あなたは日常生活で神の存在を感じることができないんですよね？　ならば、極限状態にその身を置くしかないじゃないですか？　わかりますか、私の言っている意味が？」

「え、いや、そう言われるとそんな気もしてくるけど……」

「理解して頂けて嬉《うれ》しいです」

マリアが満面の笑みを浮かべた。

「では頑張ってください」

そこから石を見つけるまでの三時間、氷のように冷たい川の中で、僕は地獄のような時を過ごした。

何せ川底だから石が光っているかどうかもよく見えない。

とりあえず、川底で適当に石を拾って渡したら、

「あなたの目は腐っているのですか？」

と冷淡に言われて、石を川に投げ返された。血も涙もない女だ。

そんなことを何度も繰り返して、何とか石を見つけ、死ぬような思いをして川から出た時、マリアは艶々とした邪悪な笑顔で言った。

「神の存在は感じられましたか？」

「まあ、神に召されそうになったという意味では、身近に感じられたんじゃない？」

僕は皮肉を込めて言った。

「じゃあ、後一歩ですね」

彼女は僕の皮肉を意にも介さず、微笑んだ。

その後一歩で死ぬと思うけど……。

※　※　※

このような感じでマリアの試練は毎週開催されたが、僕はまったく回復魔法を覚えられないまま、二年になった。覚えたことと言えば、王都にある美味しいパン屋とスイーツ店の場所くらいだ。

僕がそのことをマリアに指摘すると、

「美味しいスイーツの店を覚えておけば、女性に喜ばれます。将来、役に立ちます」

と言われた。いや、目の前の魔女はともかくとして、僕が女の子と仲良くなる将来なんて想像もつかないんだけど……。

試練の効果に関しては半信半疑なのだが、回復魔法に関して頼れる人間が他にいないため、彼女の事を信じるほかなかった。

ところが、そんなある日、何となく感覚的な変化が訪れた。具体的に言うと、美味しいパンとスイーツを探し当てるのが異様に上手《うま》くなったのだ。

「ひょっとして、これは神の声が聞こえているのか？」

そう思って、昔習った神の祈りを唱えてみると、腕にあった小さな傷のひとつを癒やすことに成功したのだ。

「できた！　マリアの言っていたことは本当だったんだ！」

正直に言うと、半ば諦めかけていたので、感激もひとしおだった。

何と言うことだろう、マリアは本物の聖女だったのだ！

何故《なぜ》、彼女のことをもっと信じられなかったのだろうか？

ちゃんと信じて試練を行っていれば、もっと早く習得できたかもしれないのに！

僕の心はマリアへの感謝と申し訳なさでいっぱいになった。

早速僧侶クラスに向かい、マリアにお礼を言った。

「ありがとう、マリア！　回復魔法を使えるようになったよ！」

「……マジで？」

そう言って、絶句したマリアの姿を僕は一生忘れないだろう。

断章二

fragment 2

三つくらいの頃でしょうか。連れていかれた教会で、私は母に尋ねました。

「お母様、どうしてみんな祈っているの？」

「神様にお願いするためよ。みんなが幸せになりますように、って」

「でもお母様、神様はこっちを……」


——人のことを見ていません——。


物心ついたときから、神の存在は感じていました。

ええ、存在だけは。

敬虔《けいけん》な信者であった両親や周囲の人間はそれを奇跡だとし、私のことを聖女に違いないと言いました。

でも、私にはそれが奇跡だとはとても思えませんでした。

何故なら神は、私たち人間にまったく関心を持っていなかったからです。

父や母や大勢の信徒の方たちが一生懸命祈りを捧げているのに、神はそっぽを向いているのです。それはそれは残酷な光景で、喜劇のようでもありました。

例えるなら、人間が神に一方的にかなわぬ恋をしているようなものです。

私はそんな風にはなりたくありませんでした。ですから、神の力をいかにして上手く使うかだけを考えて、神の奇跡——回復魔法——を使っています。

そこには一切の信心はありません。だって無駄ですから。


私は初め、僧侶となる方々はみな同じように考えていると思っていました。

届かぬ祈りにはあまり意味がありませんから、みなさんそれをわかってやっているのかと思って。

ところが違ったのです。僧侶の方々も祈りを通して、どうにか神の力にすがり、奇跡を行っていただけなのです。それでは魔法使いの呪文と何も変わりません。

一応、少しは神の存在を感じているようですが、恐らく靄《もや》のようなボンヤリとしたもので、明確に感じ取れていないのでしょう。それがかえって神を偉大なものとしてとらえてしまっているようです。

私は聡《さと》い子でしたから、みなさんの信仰を否定するようなことは言いませんでした。逆に上辺だけでも合わせてあげれば、神の存在を感じて奇跡を行使できるわたしのことを「聖女だ」「神の御子《みこ》だ」と持ち上げてくれますので、子どもの頃からそういう風に振る舞うのが習慣となっていました。

それが苦痛だとは思いませんでした。ただ、聖女は本当の私ではありませんので、そういう風に振る舞えば振る舞うほど、周囲の方々と隔たりができるように感じました。

唯一の例外はソロンという同《おな》い年《どし》の男の子です。

彼は子供の頃から神童と呼ばれるほど賢い子でしたが、それゆえに神のことを疑っていたようです。

「神が人の味方であれば、人の敵である魔物は存在しない。魔物が存在する以上、神は人の味方ではない。もしくはこの世は神が作ったものではない」

と平然と語るような子だったので、彼は神童とされながらも、周囲からは敬遠されていました。

私としては唯一彼だけが正しいことを言っていることを知っていましたので、ちょっと親近感を覚え、少し話すようになりました。あまり仲良くしすぎると私まで変に思われてしまうので、ほどほどの距離感は保ちましたが。

私は小さいころから外見も褒められることが多く、それも相まって聖女と呼ばれるようになったわけですが、これは単に、私の両親の容姿が整っていただけのことで、神はまったく関係ありません。

ただ、成長するにつれて、どんどん自分が美しくなっていることは、周囲の反応を見ていればわかりました。お付き合いを申し込まれることも多々ありましたが、彼らは当然聖女としての私しか見ていませんので、そんな人たちと付き合う気にはなれませんでした。

時には身分の高い貴族から、高圧的に婚約を申し入れられることもありました。我が家は下級貴族であったため、本来的にはそれを断ることは難しかったのですが、私は『聖女』だったので、将来は教会に入ると公言し、教会の権威を後ろ盾にして上手くかわしました。両親もそれを望んでいましたので。

そうして、私は十五歳になり、ファルム学院に入ることになりました。

私以上の回復魔法を使える方はこの国にはいらっしゃいませんし、もちろん教員にもいらっしゃいませんでしたので、入る意味はまったくありません。ですが、何事にも順序や体面というものがございますので、入学せざるをえませんでしたし、表面上は教員の方を

※　※　※

立てて、学院生活を過ごすことにしました。

ただ、同じように魔法使いのクラスに入ったソロンはそういった不満を露《あら》わにしていたので、周囲と上手くいっていないようでした。人付き合いの下手な……いえ、彼は本当に純粋な人です。

私の学院生活は穏やかなものでした。教員の方も私に一目置いてくれますし、同級生の方々も私を教員以上に敬ってくれます。

授業は退屈でしたが、私の人生は常にそのようなものでしたので、特に思うところはありませんでした。

そこに現れたのがアレスです。

突然、僧侶クラスにずかずかと入ってくると、いきなり私に言いました。

「回復魔法を教えてくれないか」

さすがの私も驚きました。まず、この人は庶民の出のはずです。私は下級とはいえ貴族、馴《な》れ馴《な》れしく声をかけていい相手ではありません。それに戦士が回復呪文を覚えるなど聞いたことがない話です。

ひょっとしてこの人は私を口説こうと思って、こんな突拍子もない話をしてきたのでしょうか？

そう思って、少し話をしてみたのですが、どうやらこの人は本気で勇者を目指しているようです。しかも、その理想の勇者像というのが攻撃魔法も回復魔法も使える戦士なのです。

何考えているのでしょうか、この人は？　今更そんな伝説上の人物みたいなものを信じてどうする気でしょうか？

私が見る限り、この人は神との親和性がまったくありません。見込みは皆無です。不可能といっても過言ではないでしょう。

……しかし、この人の目は本気でした。常識にとらわれ、周りに流されて日々を過ごしている他の方々とは違います。

(何か面白そう！)

私の中に初めての感情が芽生えました。

それが何なのかよくわかりませんが、お話をお受けすることにしました。

※　※　※

この日から、私の学院生活は色づき始めました。

（どうやったら、才能のない人に回復魔法を覚えさせることができるのか？）

私はそのことを真剣に考えました。聞けば、アレスは故郷の村で神父様に回復魔法の手ほどきを受けたことがあるらしいのですが、まったく何も感じられなかったそうなのです。もうこれは絶望的です。普通の手段では絶対に回復魔法が成功することはないでしょう。そう普通の手段では。

ただでさえ神は人に興味はないのですから、ちょっと祈りを捧げた程度では見向きもしてくれません。何かとても愉快な……いえ、神の気を惹《ひ》くような行動を取ってもらう必要があります。

そんなことを考えていたら、お腹《なか》が減ってきました。パン、そうパンをアレスに買ってきてもらえばいいのです。神の存在を求めながらパンを探す、これは良い試練となります。きっと美味《おい》しいパンが手に入るでしょう。早速、アレスを捜してパンを買ってくるように伝えました。

……最初の試練の結果ですが、アレスは普通に学院でパンを買ってきました。ガッカリです。神の存在を真面目に感じようと思う気持ちが欠けているのではないでしょうか？

一応食べてみましたが普通です。

これはいけません。もっと厳しい試練を課す必要があります。これはそう、すべてアレスのためを思えばこその試練です。

なのですが、この沸き立つような気持ちは何なのでしょうか？

ひょっとしたらこれが恋なのかもしれません。胸の高鳴りが止まりません。次は川底で石を捜してもらうことにしましょう。

※　※　※

幾度もアレスに試練を与え、段々彼が買ってくるパンやスイーツにも美味しい物が増え始めました。

毎日のようにアレスのために試練を考え、考え抜いた試練を週に一度アレスに課し、それを死に物狂いでやり遂げるアレスの姿を見る生活は喜びに満ちています。

私は生まれて初めて神に感謝しました。

（ありがとうございます、神よ。私にこんなに素敵な人を与えてくれて）

肝心のアレスが神を知覚できたかどうかなのですが、はっきり言ってよくわかりません。

そもそも、神が突然誰かに恩寵《おんちょう》を与えた前例を私は知らないのです。

アレスにも説明しましたが、最初から無理がある話なのです。神の存在を知覚できるかどうかなんて、生まれたときに決まっているようなものなのですから。

才能があれば、簡単に使えるようになるし、少しでも見込みがあれば、ちょっとしたきっかけがあれば使えるようになります。でもアレスにはその少しの見込みすらありません。これをどうにかできたのであれば、もはや奇跡と呼べるでしょう。それを理解した上で、彼は諦めませんでした。何が彼をそこまでさせるのかはわかりませんが、決してくじけることなく、私が出した無理難題……試練を成し遂げてみせるのです。

思えばこの試練を始めた時から、私は彼に素の自分を見せていました。けれど、彼は聖女ではない私のことを受け入れて、ずっと試練に挑んでいたのです。私はいつしかアレスに、神の存在を感じてほしいと思うようになりました。それと同時に、この甘美な時間が終わってしまうことにも恐れを感じるようになりました。彼が不屈の信念で試練に挑む姿は滑稽でもあり、同時に人の美しさを感じさせてくれてもいたのです。

そして、その日は突然訪れました。

「ありがとう、マリア！　回復魔法を使えるようになったよ！」

アレスは満面の笑みでした。その言葉に一点の偽りもないことは明白でした。

「……マジで？」

つい、はしたない言葉を使ってしまうほど、私はショックでした。
私は生まれて初めて奇跡を見たのです。
それも神によるものではなく、人の手によって成し遂げられた奇跡を。
私は勇者なる存在を信じていませんでした。
そんな人物は絵空事にすぎないと思っていました。
でも今、目の前に、勇者が立っているのです。

ソロンの章

「あいつは勇者などではない。ただの馬鹿だ」

大賢者と称《たた》えられる男は忌々しげに言った。

紫色の魔術師のローブを羽織ったその男は、痩せぎすで表情に険があり、いかにも神経質そうな風貌をしている。その話し方もぞんざいで、用がなければ近くに寄りたくない、と思わせる。それがソロン・バークレイだった。

子供の頃から神童と謳《うた》われ、ファルム学院に入学した時点で教員よりも魔術に長《た》けていたと言われている。そして現在に至るまでに、新しい魔法の創出や、魔術的な発見を幾つも成し遂げ、世界に対する貢献も大きい。

「そもそも勇者とは何なんだ？　力に秀でた者か？　強力な魔力を持つ者か？」

——魔王を倒す者では？

「魔王を倒したら勇者か？　勇者だから魔王を倒すのか？　馬鹿馬鹿しい。卵が先か鶏が先か、と言っているようなものだ。あいつには力も魔力もなかった。勇者足り得る要素など何もなかったのだ。そんな男に世界の命運を託したんだぞ？　正気の沙汰じゃない。あいつは勇者なんかやるべきじゃなかったし、あいつに任せた連中もどうかしていた」

――しかし魔王を倒した。

「結果論だ。運が良かったとしか……いや違う。あいつくらいの努力を積み重ねれば、誰でも倒せた。それを怠り、すべてをあいつに押し付けたにすぎん。レオンもマリアも俺も、もっと積み重ねるべきだったんだ。他の連中など論外だ。そんな、何もしなかった連中がのほほんと生きていやがる。まったく度し難い」

――レオンはその努力を異常と言っていたが。

「異常？　魔王を倒すんだぞ？　毎日剣を千回振るえば倒せるようになると思うか？　魔法を百回唱えれば魔王に通じるようになると思うか？　そんなわけないだろ？　騎士団長や宮廷魔術師如《ごと》きを目指すのとはわけが違う。魔王を倒すための努力をしなければならないんだ。当たり前の努力をして、魔王を倒すイメージができるわけがないだろう。常軌を逸していて当然だ」

――あなたがアレスに魔法を教えたとか。

「しつこかったからな。俺につきまとって魔法を教えろと何度も言いやがった。魔法科の教員はあいつに魔法を教えることを拒否したらしい。そりゃそうだ。あの当時も今も、戦士職に魔法を教えることなどしていない。効率が悪いし、時間の無駄だからな。それであいつは俺に頼み込んできたわけだ。『教員より魔法に詳しいんだから、僕に魔法を教えてほしい』とな」

――それで教えたと。

「簡単な手ほどきだ。暇つぶしのようなものさ。しかし、人に魔術を教えることで色々な発見もあった。まあ、悪い経験ではなかったな。今、俺が弟子を取るようになったのも、あいつのおかげのようなものだ。あれがなければ、俺は死ぬまで他人を馬鹿にして、人に教えることなどしなかっただろう」

――アレスに魔法の才能はあった？

「ないな。むしろ、俺が今まで出会った人間の中で、もっとも魔術的素養がなかった。レオンにもマリアにも会ったんだろう？　同じことを言ってなかったか？　あいつには何の才能もなかったんだ。剣も魔法も神の奇跡も、何も持ち合わせていなかったんだよ。凡人もいいところだ」

――しかし、勇者アレスは魔法を使ったと言われている。

「一応……な。あいつが火の呪文を使うくらいなら、火打ち石を使ったほうが手っ取り早い。その程度のものだ。死ぬほど修練を重ねて得たものがそれだ。何の役にも立たないと思っていたよ」

――それが役に立った？

「立った。あんなカスみたいな魔法がな。それも一度や二度のことじゃない。あいつは魔法を使うのが上手かった。それとも、機転が利いたというべきか？　例えば火の魔法をそのまま敵に使うのではなく、油を撒《ま》いた上で火種として使う。敵と剣で切り結んでいる最中に、相手の目に風の魔法を当てる。そんな使い方だ。弱い魔法でも効果的だった。あいつから学んだことは色々あったよ。魔法は使い方によって、一が十にもなり得るし、ゼロになってしまうこともある。

俺は初陣となったロゾロフ大森林の戦いで、自分の使える最強の魔法を魔人にぶつけ、それが通用しなかったことで頭が真っ白になっちまった。恥ずかしい話さ。

そんな俺にあいつは言ったんだ。『もっと弱い魔法で良いから、時間を稼ぐために使え。今おまえができることはそれだ』とね。

普段の俺だったら、あいつの命令なんか絶対聞かなかっただろうさ。でもあの時は呆然《ぼうぜん》としていて、人形のように言われるがままに行動した。で、それが功を奏したってわけだ」

――それでアレスとパーティーを組む気になった？

「あの頃の俺は傲慢だった。パーティーなど組まなくても、ひとりで魔王を倒せると己惚《うぬぼ》れていた。『レオンやマリアとだったら組んでやっても良い』くらいに思っていた。多分、レオンやマリアも同じように考えていたんじゃないか？　あのふたりは聖人君子のような面をしているが、根っこは俺と同じで傲慢で、他人は見下すものと思っていたはずだ。

それがロゾロフ大森林で己の無力さを突きつけられ、打ちのめされて、あいつとパーティーを組んだのさ。あいつがいなかったら、俺たちは別々に取り巻きのような連中とパーティーを組んで、早々にくたばっていただろう。俺たちひとりひとりは確かに優れていたが、あいつがいなければ、まとまることはなかった」

――アレスがいたから力を発揮することができた？

「……さあな。ただ、ひとつ言えることは、レオンやマリアや俺がいなくても、誰かが代わりとなって魔王は倒せたかもしれないが、あいつがいなかったら魔王は倒せなかった」

――それは勇者の資質と言えるのでは？

「ふざけるなよ？　言っただろう、あいつはただの馬鹿だって。勇者なんて上等なもんじゃねぇんだ。凡人は凡人なりにおとなしくしておけば良かった。俺たちは確かに天才だった。才能にあぐらをかいたクソだ。だが、あいつには何もなかったんだぞ？　何もなかったのに勇者と言われるようになっちまった大馬鹿野郎だ。『勇者様だ』と言ってしまうのは簡単だ。だが、そんな連中にあいつの何がわかる？　勇者だから魔王を倒せて当然か？あいつがそのために何をしたか、何を犠牲にしたか、わかっているのか？　あいつより才能のある人間は大勢いた。俺も含めてな。その俺たちが何もしなかったから、あいつが勇者なんかにならざるを得なかったんだ」

――あなたは賢者として魔王と戦った。何もしなかったわけではないのでは？

「俺が魔王と戦うのは当然だ。天才だからな。レオンもマリアも戦うべくして戦ったにすぎない。それは俺たちに課せられた義務、運命のようなものだ。だが、あいつは違う。そんな器じゃなかったんだ。運命を捻《ね》じ曲《ま》げて、魔王と戦ったんだ。いくら、あいつが望んだこととはいえ、勇者なんて言葉であいつのことを呼んでほしくはないね」

——何故《なぜ》、勇者は死んだのか？

「さあな。俺に聞きたいのはそれで終わりか？　ならば帰れ。話は終わりだ」

——アレスの死因は何か？

「……本当に聞きたかったことはそれか？」

さっきまで不機嫌そうにしていたソロンが面白そうに笑った。

「俺たちが報告した通り、アレスを殺したのは魔人だ。それは間違いない。だが、俺たちは死んだところを見てない」

——魔王を倒したのに、その配下に殺されたのか？

「まあそういうことになるな」

——何故、あなたたちはその場にいなかったのか？

「運が悪かったんだろう。それだけのことだ」

——状況的にあなたたちがアレスを殺したということも考えられるが？

「なるほど、確かにそういう風に考えることもできるな。だが、それは無理だ。俺たちにアレスを殺すことはできない。たとえ殺そうと思っていたとしてもな」

――アレスが強かったからか？

「いや、単に不可能というだけだ」

――最後にひとつだけ聞きたい。あなたにとってアレスは何だったのか？

「あいつは友達だよ。ただの友達だ。たったひとりのな。でも、俺はあの戦いで、それを失ってしまったんだ。まったく平凡で謙虚な男だったよ。……ああ、しかしひとつだけこだわりがあったたな」

――こだわり？

「魔王討伐の旅に出るにあたって、王は絵師に俺たちの姿を描かせたんだ。その絵にあいつは細かく注文をつけた。『鼻を少し高くしてくれ』『目を少し大きくしてくれ』ってね。何も言わなくても絵師だって適当に美化してくれるのに、うるさく言うものだと、俺たちは笑ったものだよ。勇者らしからぬ平凡な外見にコンプレックスでもあるのかと、あのときは思ったものさ」

ソロンは口元を小さく歪めて笑った。

「アレスについて知りたければ、故郷のタリズ村まで行くんだな。勇者について文献にまとめるなら、そこまでしないと手落ちだぞ？」

断章一

fragment 1

自分に課した剣の修練と、週に一度開催されるマリアの試練にも次第に慣れた僕は、次なる目標に向けて進むことにした。

そう、攻撃魔法の習得である。

ダメもとで魔法使いクラスの教員に聞いてみたものの、あっさり断られた。

まあ、これは想定内。僕は既に攻撃魔法を教えてくれそうな生徒に目星をつけていた。

ソロン・バークレイ。神童と呼ばれる未来の大賢者。学院に入学した時点で魔法使いとしての力量が教員を超えていたためか、ロクに授業に出てこない問題児でもある。

彼を選んだ理由はひとつ。学院での彼はぶらぶらとその辺を散策しているだけで、暇そうだったからだ。

そのため、滅多《めった》に見かけない彼の姿を確認したその日に、すぐに声をかけた。

「ソロン・バークレイ、僕に魔法を教えてくれ」

「嫌だ」

ソロンは僕のほうを見もせず答えて、そのまま立ち去ろうとした。

瘦せぎすで表情も険しい彼は、全身で他人を拒絶する雰囲気を醸し出していた。

「ちょっと待ってくれ、話を聞いてくれないか？」

僕は彼の進路に回り込んで、行く手を遮った。

「聞く必要はない。おまえはアレス。本気で勇者を目指している頭のおかしいヤツだ。レオンを手本に無駄に剣の修練を重ね、週に一度マリアに玩具《おもちゃ》にされている。それで今度は俺に攻撃魔法を教えてほしいってわけだろ？　馬鹿馬鹿しい。天才の俺の時間を、何故おまえなんかのために使わなければならない。おまえが無駄に人生をドブに捨てるのは勝手だが、俺の邪魔をするなら容赦はしない」

険しい表情をさらに険しくして、ソロンは一気にまくし立てた。

「よく知っているじゃないか。理由を知っているなら話は早い。頼む、魔法を教えてくれ」

「おまえ話を聞いていたのか？　凡人のくせに天才の邪魔をするなと言ったんだが？」

「でも暇だろ？」

「暇？　俺がか？」

「学院に来ている時は、やる事がなさそうにしているじゃないか？　友達もいなそうだし」

「おまえだって友達いないだろうが！　殺すぞ？」

ソロンが右手に魔力を集中させたのが見てわかったので、僕は慌てて道を譲った。どうやら、友達がいないことは気にしているらしい。

「もう二度と俺に関わるな」

そう吐き捨ててソロンは去っていった。

※　※　※

一週間後、再びソロンの姿を見かけた僕は、また声をかけた。

「やあ、ソロン。この間の話、考えてみてくれたかい？」

「おまえには記憶力がないのか？　それともマリアの戯れのせいで頭がおかしくなったか？　あと、俺の名を気安く呼ぶな、殺すぞ？」

それからというもの、僕はソロンを見かけるたびに、こんなやり取りを繰り返した。

ソロンは僕に会うたびに、「死ね」「カス」「ゴミ」などと罵倒したが、マリアの試練で無駄にメンタルが鍛えられた僕には、その程度の罵声はまったく効かなかった。

そして一月程経ったある日、ようやく彼は足を止めてくれた。

「わかった、わかったよ、ゴミムシ。おまえの言うことにも一理ある。確かに学院での俺は暇だ。俺はくだらないしがらみのために、ここに来ているにすぎない」

聞けばソロンは学院の体面のためだけに、ここに入学させられたのだという。

「うちは身分の低い貴族だ。親父《おやじ》も腕の立つ魔術師だが、それでも身分の差はいかんともしがたい。上級貴族であるここの理事長は『ソロン・バークレイが在籍していた』という箔《はく》を学院につけるために、親父に圧力をかけて俺を入学させたのさ。最初の一月は学院の蔵書で暇を潰せたが、今となってはやることがない。だがな、教えるほうにも選ぶ権利というものがある」

そういうとソロンは懐から本を何冊も取り出した。物理的に懐に入るような量ではない。これも何かの魔法だろうか？

「この本はこの学院の魔法クラスの生徒に配られたものだ。読んで理解すれば初級程度の魔法が使えることになっているが、実際のところは素質も必要だ。魔法を使えるようになれとは言わん。本の内容を覚えて来い。まあ、一週間ってところだな」

「一週間⁉　そんな短期間でこんな何冊も……」

魔法クラスが一年かけて学ぶ授業内容だ。無茶《むちゃ》にも程がある。

「無理か？　勇者になろうってほうがよっぽど無理だと思うがな。そもそも素質がないのに魔法が使いたい、って言うんだ、その程度のことで弱音を吐くようなら、おまえには魔法は使えんよ」

「むっ」

言われてみれば、その通りだ。ソロンは決しておかしなことを言っていない。

何より、マリアの試練に比べれば、まともな内容だ。

「わかった。一週間だな。覚えてくる。そのときは魔法を教えてくれよ」

「俺は嘘《うそ》はつかん」

そう言って、ソロンは去っていった。

僕は自室に戻ると、さっそく本を読みだした。少し難しい内容だったが、昔読んだ魔術書と共通したところもあり、意外と理解できないことはない。

その日から僕は剣の修練は止めて、マリアの試練から逃げ、寝る間も惜しんで、本を読み込んだ。

昼も夜もなく、授業の合間も、食事を取っている時も、すべての時間を本を読むことに費やした。

そして、一週間後、ソロンを見かけた僕は彼のもとへと駆け寄った。

「覚えてきたぞ！」

「そうか」

張り切っている僕に対して、ソロンはそっけなかった。

「では行くぞ」

ソロンは校舎に向けて歩き出した。

「どこへ？　覚えているかどうか確認しないのか？」

「俺はできないことは言わない。そして、おまえは嘘はつかない人間だ。ならば、確認する必要はなかろう」

僕は一瞬呆気《あっけ》にとられたが、すぐにソロンを追いかけた。

ソロンが向かった先は空き教室だった。

「じゃあ、火の呪文を詠唱してみろ」

言われるがままに本に書いてあった火の呪文を唱える。

だが、何も起きない。

「ふむ、呪文は間違ってないな。だが、呪文にマナが感じられない。火のイメージは持っているか？」

「ああ、本に書いてあった通り、火をイメージしている」

「どんな火だ」

「暖炉の火だ」

「イメージが弱いな。もっと燃え盛る炎を想像しろ」

こんな感じで、ソロンは事細かに指示を出し、本の内容をさらに詳しく教えてくれた。

なかなか成果は出なかったが、ソロンは常に真剣だった。

「面白い、なかなかに面白いな。ひょっとすると魔法の基本原理をもっと詳細に分析できるかもしれん」

「でも、魔法が使える気配すらないけど」

「だから面白いんだ。俺は意識することなく魔法を使うことができたが、何を意識して魔法を唱えればいいか判明すれば、魔法の効率が上がる可能性がある。つまり、おまえが魔法を唱える道筋がわかれば、魔法を根本的に改善することができるかもしれんのだ」

ソロンの言うことは、わかるようなわからないようなことだったが、とにかく熱心に教えてくれた。

ソロンは週に一度だけ学院に来るので、そのときだけ魔法を教えてくれるのだが、色々と話しているうちに仲良くなっていった。

皮肉屋でとっつきづらい人間かと思っていたソロンだが、実のところ、面倒見がよく根は良いヤツだった。

「神童だ、天才だ、とおだてられた反面、貴族同士の利害が絡んだドロドロとした付き合いをガキの頃からやってきたんだ、歪みもするさ。おかげで周囲の連中が信用できなくて、いつもひとりだったよ」

ソロンは自嘲気味に言った。

「マリアもそうだ。本当のあいつは神の存在が感じ取れるだけで、聖女ってわけじゃなかったんだが、周囲の期待を押し付けられて、ああいう風になった。今でも外面は良いが、内面ではかなり鬱屈している。しかし、それでもあれだけ神の存在を感じ取れるヤツは他にいない。身分で司教の地位についているようなジジイどもとはわけが違う。マリアがおまえに教えてできなければ、他の誰にもできないだろう。あいつは芯の部分ではやっぱり聖女なんだよ」

ソロンはマリアに対して複雑な想《おも》いを持っているようだ。

「で、マリアの試練ってのは、どんな感じなんだ？」

「この間、鞭《むち》で何度も叩《たた》かれた。『本気で神に祈れば、痛みは感じなくなるはずだ』って言われて」

「……そっ、そうか。だが、自分の傷を癒やすのは神の奇跡の第一歩だ。鞭で打たれるうちに傷を治そうという身体の治癒作用と共に、神の存在が感じられるようになるかもしれんぞ？」

「最近、偉い司教に尻を触られたとかで『あのハゲ！　クソジジイ！』って言われながら叩かれたんだけど」

「………」

「しかも、叩いている間にマリアの顔がだんだん艶《つや》やかな笑顔に変わっていって、なんか怖かったんだけど、本当に大丈夫なのか？」

僕は何としても回復魔法を覚えなければならないが、マリアの指導には疑問に思うところが多い。

「……効果はあったのか？」

「途中から確かに痛みはなくなった。マリアはそれを『神の奇跡』って言ったけど、叩かれすぎて感覚がなくなっただけだと思う」

「その割には身体に痕は残ってなさそうだが……」

ソロンが僕の身体をさらっと目で確認した。

「マリアが鞭の痕だけ綺麗に癒《い》やした。『試練の内容は秘密なので、証拠を隠滅する必要があります』とか言って」

マリアはその高い実力を嫌な形で証明したのだ。

「さあ、魔法の特訓を始めようか！　俺という天才の時間を無駄にしてはならんぞ！」

ソロンは僕から目を逸《そ》らして、魔法の特訓を始めた。

※　※　※

こんな感じで僕の学院生活は過ぎていった。使える時間はすべて修練に当てた。生徒や教員を含めて周囲からは奇異の目で見られ、『何の成果も出ないのにご苦労なことだ』と蔑まれたが、勇者になることを諦めることはできなかった。

そして、三年になって間もない頃、魔法が使えるようになった。指先から、ほんの僅かな火の魔法が発動したのだ。

「やったじゃないか！」

ソロンが自分のことのように喜んでくれた。

「これはすごいぞ！　才能がなければ魔法は使えないはずだったんだ！　おまえの努力はそれを覆した！　これは胸を張っていいことだ！　従来の魔法理論を覆すような画期的なことだ！」

あまりの喜びように、僕は自分が喜ぶのを忘れてしまったほどだ。

その後、だんだん嬉しさがこみ上げてくるのと同時に、僕の頬《ほお》に涙が伝った。

「ありがとう、ソロンのおかげだよ」

夢にまで見た魔法がようやく使えるようになったのだ。

もう二度と後悔しないためにも。

断章二

fragment 2

字が読めるようになったのは一歳くらいのときだっただろうか。そのころは絵本とかではなく、親父の蔵書の小難しい本を読んでいた。

内容がわかったわけじゃない。親父がずっと本を読んでいたから、その真似《まね》をしようとしたにすぎない。親父も貴重な蔵書なのに、面白がって赤ん坊に読ませるような人間だった。

本を読むのが楽しいというより、親父の隣でふたりして本を読んでいる行為が楽しかったんだと思う。おかげで、そのうち内容もわかるようになった。

そんな生活を送っていたものだから、三歳の頃には魔法の書を読むようになっていた。さすがに危ないと思ったのか、すぐに魔法を使うことは親父に止められた。だが、五歳になると許されて、火の魔法を使って、熊のぬいぐるみを丸焦げにした。このときは母にとてつもなく怒られた。基本的に母は寛容だが、我が家では一番の常識人だった。

俺が幼くして魔法が使えるという話はあっという間に話題になり、色々なところで魔法を披露させられた。見世物のようなものだったが、そのときの俺は得意気だった。

しかし、「子どもなのに魔法が使えて凄《すご》い」と言われる一方で、「子どもなのに魔法が使えるのは危ない」とも言われ、同年代の他の子とは明らかに違う扱いを受けるようになった。

凄いと思う親は、俺の将来に期待して、自分の子を俺に近づけた。危険だと思う親は、俺への不安から、自分の子を俺から遠ざけた。

そういった歪《いびつ》なものは、子供だった俺でも気づくし、子ども同士の関係にも悪影響を与える。俺は次第に他の子どもから距離を置くようになり、気づけばひとりで本を読んで一日を過ごすようになっていた。

本を読むのは好きだったし、新しく魔法を覚えるのも楽しかった。けれども、他人に何も期待していないかと問われると、そこまで俺は達観できてはいなかった。

唯一、マリアだけは俺と話をできる相手だったが、マリアは俺とは逆に他人に何も期待していなかったので、人と上手《うま》く関係を構築することができた。皮肉なものだ。

※　※　※

十五歳になった俺は、相変わらず周囲と上手く関係を持つことができなかった。それ故に学問や魔法の修得に専念し、魔法使いとしての実力はかなり高いものになった。

親父《おやじ》も「自分以上だ」と喜んでくれたし、もはや俺に魔法を教えることができる者など、この世界にも片手で数えられる程度だっただろう。

そのため、学校に行く必要などまったくなかった。俺はひとりで魔法を研究していけばいいと考えていた。

だが、その希望は叶《かな》うことはなかった。上級貴族であるファルム学院の理事長が、下級貴族の親父に圧力をかけて、俺を学院に入学させようとしてきたのだ。

『ソロン・バークレイが在籍していた』という箔《はく》を自分の学院に付けるためだ。親父はそれに抵抗しようとしたが、俺がそれを受け入れた。親父に無理をさせたくなかった。

学院での生活は想像していた通りだった。授業の内容は俺には不要なものだったし、学院の蔵書も一月で読み終えてしまった。他の生徒たちは俺のことを色眼鏡で見ている。

要は、やる事が何もなかったわけだが、入学した以上は学院に行かないわけにもいかない。その結果、学院と俺との妥協点として、週に一度だけ学院に顔を出すことになった。

ますます俺は周囲から浮くことになるわけだが、週に一度行くだけでも、学院内の状況というものは摑《つか》めた。

ひとり気になるヤツがいた。アレス・シュミット。本気で勇者を目指している庶民出身の男だ。勇者を育成することがこの学院の目的だが、それは形骸化しており、本気で勇者を目指している者などほとんどいない。剣聖として名高い伯爵家のレオン・ミュラーが唯一の例外だが、あれは目指しているというより、周囲からそう認定されたと言ったほうが正しい。もっとも、レオン本人がどう思っているのかは知らないが。

そんな中で、アレスは臆面もなく勇者を目指していると公言し、レオンをライバルと定めて剣の鍛錬に励んでいた。恐らく、マリアからも回復魔法の指導を受けている。ただ、マリアがどれだけそれに真面目に付き合っているかは疑問であるが。

(馬鹿なヤツだ)

貴族ばかりいるファルム学院に庶民が入ってくるのも愚かなことだし、今の時代にできもしない理想を掲げるのは恥ずかしいことだ。

それも理解せずに、この学院に入ってきたとするならば、極めつけの馬鹿だろう。

※　※　※

一年の半ばが過ぎた頃、その馬鹿が俺の前に立ちふさがった。

「ソロン・バークレイ、僕に魔法を教えてくれ」

俺は即座に断った。無駄だからだ。魔法使いとしての才能はほぼ生まれつきのものだ。

この男にはその素質がまったくない。とても関わっていられなかった。

しかも、俺に対して「友達もいなそうだし」とぬかしやがった。これには殺意が湧いた。思わず学院内で魔法を使ってしまいそうになるくらいに。

こいつに俺の一体何がわかるというのか？

人との距離感も考えずに、ずかずかと内に入ってこようとするのはクソ野郎だ。

※　※　※

一週間が経ち、再び学院に赴いた俺に、アレスはまた話しかけてきた。用件は同じだ。魔法を教えてほしいという。思いつく限りの罵声を浴びせて、俺はヤツを追い払った。

だが、アレスは俺が学院に行くたびに魔法を教えるよう話しかけてきた。しつこいヤツだ。俺にここまで付きまとってきたヤツは、生まれて初めてかもしれない。

大抵のヤツは俺の態度の悪さに辟易《へきえき》して離れていったものだ。

そうして一月経った頃、俺は学院から教科書として渡された五冊の魔術書を荷物として持って行った。内容はすべて覚えているので、俺にとっては必要のないものだった。

学院に行くと、いつも通り、アレスが俺のところへやってきた。相変わらず、振り払っても振り払っても、しつこくまとわりついてくる犬のような顔をしている。

根負けした。こいつには何の打算もない。本当に勇者になろうとして、純粋に魔法を習おうとしてやがる。俺が言うのも何だが、不器用な生き方をしているヤツだった。

だから、持ってきた五冊の魔術書を渡してやった。これらの内容を一週間で覚えることができたのならば、魔法を教えてやると約束した。

五冊の魔術書は、魔法使いクラスで一年かけて内容を覚えることになっているものだ。魔術の素人が一週間で覚えるのは、かなり難しい。ほとんど不可能だ。

しかし、アレスならできるのではないかと、何故《なぜ》か思っていた。できなければできないで、俺の中に芽生えた僅かな期待が間違っていたということにすぎない。

魔術書を渡してから、俺はいかに才能のない人間に魔法を教えるかを考えた。恐らく無駄になる思索だ。ただ、それは意外と面白いものだった。思えば、家族以外の誰かのために、何かをしようなどと思ったことは初めてかもしれない。

※　※　※

一週間が経ち、再び学院へ行った俺に、アレスが駆け寄ってきた。

「覚えてきたぞ！」

顔を見れば偽りでないことくらいわかる。

（ああそうか。こいつは成し遂げたのか）

自分でも意外なくらい、そこに驚きはなかった。論理的に考えれば、かなり難しいことをしてのけたはずだが、俺は想像以上にこいつに期待していたらしい。その期待には何の理屈もなかった。そうであってほしいという願望のようなものだ。

ただ、その願望にアレスが応えてくれたことが、何というか嬉《うれ》しいものだった。


早速、事前に当たりをつけていた空き教室で、アレスに魔法を使わせてみた。当然、まったく何の反応もない。呪文を唱えられたからといって、誰でも魔法使いになれるわけではないのだ。重要なのは、ここからどの段階で個人差が出るのかを検証することだ。

呪文を正しく唱えられているか、呪文のイメージに齟齬《そご》がないか、世界の理であるマナは術者の一体何に反応して働いているのか等々、確認しなければならないことは数多くある。

今まで、それらのことは『才能』の一言で片づけられてきたものだ。できる人間はできて、できない人間はできない、で終わってきた話だ。

俺も同じように考えてきた。しかし、その根本的な部分を解き明かせば、魔法をもっと進歩させることができるかもしれない。

俺は学院に行った日は、アレスの魔法の特訓に付き合ったし、家にいる日も魔法の基礎的な研究に時間を費やすようになった。

ある日、親父に言われた。

「最近、学院に行くのが楽しそうだな」と。

すぐに否定しようかと思ったが、何故か言葉に詰まり、代わりに、

「まあ、悪くはない」

と言ってしまった。

「そうか。学院でしか学べないこともある。おまえの良い経験になってよかったよ」

親父は嬉しそうだった。俺を学院に入れたことを申し訳なく思っていたのだろうし、俺の人間関係に不安を抱いていたのかもしれない。

※　※　※

アレスは一年半以上、魔法の訓練を続けたが、何の成果も得られないまま、とうとう三年生になってしまった。

ただ、俺のほうは、魔術の土台の部分に関する分析が進み、魔法を行使する際の効率化ができるようになった。俺の考察では、魔法は誰でも使えるようになるが、マナに対する親和性が生まれつき異なり、才能がない者はその部分を伸ばす必要があった。だが、どれ

だけ訓練すれば使えるようになるかはわからない。今初めて実験しているようなものだからだ。ひょっとしたら、一生かけても使えない可能性すらあった。

俺はそのことをアレスに伝えたが、

「可能性が少しでもあるなら、僕はそれに賭けるよ」

と笑顔で答えた。

本当に無駄なことが好きなヤツだ。俺は無駄なことは嫌いだ。いや、だった。

無駄だと嘲笑《あざわら》うことは簡単だが、無駄になるかもしれないという恐怖と戦いながらも、前に進むことのほうが正しいのだと、俺は思うようになった。

そしてある日、アレスの指先にほんの僅かな光が灯《とも》った。吹けば消えるようなかすかな火だった。

けれど、あんなに火の呪文が美しいと思ったのは、生まれて初めてだった。

俺にはそれが、人の希望の灯のように思えた。

アレスの章

その村は大きくもなく小さくもなく、山間《やまあい》によくある集落のひとつだった。

王都からはかなり離れており、馬を走らせても十日はかかる。そこで人々は畑を耕し、牧歌的に暮らしていた。

タリズ村。勇者を出したことで有名になった村だ。


「アレスのことを知っているかって？　もちろん！　俺はあいつの友達だったんだ！」

生きていればアレスと同じ年頃の人間を探し、アレスについて尋ねた。

「アレスは小さいころから何でもできた。力もあったし、足も速かったし、勉強もできた。顔も良くって、同じ年頃の女の子は、みんなあいつのことが好きだったよ」

聞かれ慣れているのか、話し慣れているのか、その男性はアレスについてすらすらと話し始めた。

「とにかく凄かった。剣を持たせれば、あっという間に大人より上手《うま》くなるし、教会の神父様から学んで、回復魔法も使えるようになった。それだけじゃないんだぜ？　村長の家にあったボロボロの魔術の本を読んで、魔法まで使えるようになったんだ。言っておくけど、俺はもちろん、村長でさえ、本に何が書かれているか読めなかったんだ。ああいった本って特殊な字で書かれているだろ？　あいつは勉強して、その特殊な文字が読めるようになったんだよ。そりゃ勇者にもなるさ！」

——勇者はこの村にいたときに、既に剣も魔法も神の奇跡も使えたと？

「もちろんさ。あんただって知っているだろう？　勇者アレスは剣も魔法も回復魔法だって使えたって有名じゃないか。そんな特別な人間だから勇者になったんだろう？」

——そんな特別な人間が何故ファルム学院にわざわざ入学した？

「何故って……勇者として認められるには、そこに入らなければならなかったんじゃないのか？　それとも仲間を探しに行ったのかな？　俺はよく知らないけどね。多分、占い師が王都へ行けって言ったんじゃないかな？」

——占い師？　預言者のことか？

「そうそう、その人だよ。ある日、突然村に来て『この村から世界を救う勇者が現れる』って言ったんだよ。みんなピンときたよ。ああ、これはアレスのことに違いないって。やっぱりあいつは特別な人間だったんだ、って」

預言者は世界の岐路に際して現れ、宣託を告げることで知られる人物だ。いや、活動期間が千年を超えるので、人であるかどうかは怪しい。同一人物でない可能性も指摘されている。

——アレスと預言者は直接会ったのか？

「どうだったかな？　あの占い師はすぐにいなくなったんだよ。なんかもう、見るからに変な人っていうか、威厳があるっていうか、まあ不思議な人だったよ」

——その預言を受けて、アレスは王都へ旅立った？

「そうそう。そんな感じだった。やっぱりアレスはすげぇなぁ、って思ったよ」

——すごい？

「そりゃ今でこそ平和になったけど、あの当時は魔物が暴れまわっていた時代だから、王都までの道程は危険だったんだ。そのせいで交易も途絶えがちで、村も苦しかったって親から聞いていたよ」

——その危険な道程を十四歳の少年がひとりで行った？

「そうだよ。まあ大人が一緒に行っても足手まといになるって思ったんじゃないかな？　でも、あいつはひとりでたどり着いたんだ。やっぱりすごいヤツだよ」

わたしはその朴訥《ぼくとつ》な村人と別れ、アレスの生家へ向かった。現村長の家である。アレスは現村長の子であり、旅に出た時の村長の孫にあたった。

「わざわざ、こんなところまで来ていただいて、ありがとうございます。息子に、アレスについて聞きたいことがあるそうで」

手紙であらかじめ会う約束を取り付けていたためか、村長の夫人であるアレスの母親シェラは温かくわたしを迎え入れてくれた。夫人は五十前後と見受けられたが、気品のある佇《たたず》まいで、若い頃は美人であったことが想像できた。

――アレスはどんな子供でしたか？

「よくできた子でしたよ。小さいころから利発で、手のかからない子でした。家の手伝いも積極的にしてくれました。本当に……良い子でした」

シェラは懐かしむようにゆっくりと語った。

――何でもできたという評判だったが？

「何でも、っていうよりも、器用な子でしたよ。でも、皆が言うほど優れた子だとは思いませんでした。確かに剣もそこそこできて、小さな神の奇跡も起こせて、魔法も使えましたけど、そんなに高いレベルのものではなかったんです。この小さな村だから目立ちましたけど、もっと人の多いところに行けば、『ちょっと変わったことができる優秀な子』程度の評価だったと思います」

——ひょっとして、あなたはこの村の出身ではない？

「ええ、よくわかりましたね。わたしは王都出身で、この村の出ではないんですよ。勉強するために王都に来ていた夫と学校で知り合って、結婚してからこの村に来たんです。実は夫もわたしも王都の学校では勉強も運動もできた優等生でしたから、あの子が特別だったわけではないんです。このことはあまり言ったことはないんですけどね」

ちょっとした自慢話です、と言ってシェラは微笑《ほほえ》んだ。

——しかし、アレスは勇者に選ばれた。

「不思議でした。自慢の息子でしたけど、そこまでの子ではなかったんです。村の人たちは『預言はアレスのことに違いない』と持《も》て囃《はや》しましたけど、わたしも夫も信じられませんでした」

——預言を信じていなかった？

「……そうですね。信じていないというより、アレスのことだとは思えませんでした。それに、誰が自分の子どもを魔王と戦わせたいだなんて思いますか？　そんな危険なことをしてほしいだなんて思う親はいませんよ。信じていないというより、信じたくなかったのかもしれませんね。できるなら他の人に勇者をしてほしかった」

——それでも勇者として送り出した？

「村長だった義父が乗り気だったんです。村の人たちも。自分たちの村から勇者が出るって喜んでいたので。あの頃は魔王の出現によって、世界は重苦しい雰囲気に包まれていました。それはこの村も例外ではありませんでした。そこに降って湧いた勇者の出現に、村中が歓喜したんです。とても違うだなんて否定できませんでした。なので、せめてもっと力を付けて、一緒に旅をしてくれる仲間を見つけさせるために、ファルム学院に送り出したんです」

――ファルム学院に入れたのは、あなたの意志だった？

「わたしと夫の意志です。ファルム学院が勇者の育成機関であることは知っていました。ただ、貴族ばかりが入る学校になっていることも知っていたので、無理に入る必要はないとも言いました。力を付けて、仲間を見つけることが目的だったので、その目的が果たせる場所ならどこでもいいと思っていましたから。あの子は柔軟に考えることができた子なので、そう言っておけば上手くやると思っていたんですけど、結局はファルム学院に入ったみたいですね」

――アレス自身は勇者に選ばれたことを、どう考えていたのか？

「あの子は聡《さと》い子でしたから、村の空気を読んで、みんなが望んでいるように振る舞っていました。でも内心は不安だったと思います。自分がそこまで優れた人間でないことは、あの子が一番自覚していたはずですから。わたしが夜ふと目を覚ましたとき、外で無心に剣を振るっているあの子の姿を見たことがあります。不安で眠ることができなくて、そんなことをしていたんです」

――しかし、魔王を倒した。

「……そして、あの子も死にました。世界が救われたのだから、喜ばなくてはいけないんでしょうけど、わたしも夫もとても喜べません。何故《なぜ》、あの子が死ななければならなかったのか？　今でもそう思います。優秀な方なら他にいくらでもいたはずなのに、よりにもよって何故あの子が、って……」

シェラは頬《ほお》を伝う涙を拭った。

彼女から視線を逸《そ》らし、部屋を見渡すと、剣が飾ってあるのが目に入った。綺麗にしてはあるが損耗が激しい。

――あれは？

「あの子の剣です。剣だけが戻ってきました。あの剣はこの家に代々伝わっていたものです。来歴はわかりませんが、最期まであの子と一緒に戦ってくれたんです。きっと良い物だったのでしょう。あの剣だけでも戻ってきてくれたのが唯一の救いです。遺品はあれだけなのですから」

――勇者の仲間があの剣を持ってきた？

「アレスの仲間だった人たちと会ったことはありません。持ってきてくれたのはザックです」

――ザックとは？

「同い年《おなどし》のあの子の従弟です。主人の妹の子なんですが、両親はふたりとも冒険者でした。父親はマリカ国の出身で、マリカ国が魔王の侵略を受けたときに夫婦で救援に向かい、その戦いの中で命を落としました。ザックはふたりが旅立つ前にわたしたちに預けられた子です」

――何故ザックが剣を持ち帰ることができたのか？

「あの子と一緒に王都に行きましたから。それであの子が亡くなった後、向こうで人づてにあの剣を受け取ったと言っていました。それで、この村に持ち帰ってきてくれたんです」

――村人はアレスひとりで旅立ったと言っていたが？

「荷物もありましたし、さすがにひとりで行かせるわけにはいきませんでしたから。それにあのふたりは一緒に育っただけあって、とても仲が良かったんですよ？　ザックが一緒だったから、アレスも少しは安心して旅立つことができたんだと思います。

村の人たちはアレスの功績を誇張して話すから、ザックのことは言わないんです。……ひょっとしたら、本当に忘れているだけかもしれませんね。あまり目立たない子だったので」

――ザックは今どこにいるのか？

「ここに来た後、『すぐに旅に出る』と言って、それっきりです。わたしはこの村で暮らすように勧めましたが、頑《かたく》なに断られました。『ごめんなさい、アレスを死なせてしまって、ごめんなさい』って。あの子が謝ることなど、何ひとつないのに……」

――ザックはアレスと共に旅をしていたのか？

「あくまで王都までの付き添いです。あの子は普通の子でしたから、その後の、魔王と戦う旅になんか行けませんよ。一生懸命、何でもやる子だったんですけど、どちらかというと不器用でした。でも、とてもいい子なんですよ？　アレスが色んなことを習得できたのも、ザックがいたからだと思います。アレスが何か始めると、ザックはそれに最後まで付き合うんです。知っていますか？　ひとりで学び続けるのって大変なんですよ？　一緒にやってくれる子がいるから続けることができるんです」

――世の中に広まっている勇者の絵をどう思うか？

「よくあの子に似ています。わたしたちも大きな絵をひとつ買い求めて飾っているんですよ？」

　確かにこの家の目立つところに勇者の雄姿を描いた大きな絵が飾ってあった。

――アレスとザックは似ている？

「従弟だけあって、よく似ていますよ。でも、アレスのほうが少し目が大きくて、鼻が高いんですよ。ちょっとしたことなんですけど、それで随分印象が変わるんです。アレスは外見をよく褒められましたが、ザックは特徴のない子だと言われました。ちょっとした違いのはずなのに不思議ですね」

断章一

fragment 1

「ザックが一緒に来てくれて助かったよ」

村を離れ、大分歩いた後にアレスがポツリと言った。

「でも、本当に僕で良かったのか？　ちゃんとした大人のほうが良かっただろう？」

僕は内心ずっと思っていたことを話した。十四歳の少年ふたりで王都に向かわせるのは、ちょっと無謀なんじゃないかと考えていたからだ。

アレスを王都に送り出すにあたり、村から誰かひとり同行者につけようということになった。当初は独身の若い男の村人が何人か候補に挙がったのだが、アレスが選んだのは僕だった。

でも、不思議とその決定に誰も異議を唱えなかった。

「大して親しくない大人が来ても、やりづらいだけだよ。それに俺のことを勇者と持て囃して魔物と戦わせようとするくせに、自分は危険を冒す気はないような人たちばかりだ」

アレスが普段言わない村人たちへの非難を口にした。それを聞いて僕はびくりとした。

確かにアレスの旅の供の候補になった村人の中には、自分が選ばれなかったことをあからさまに喜んでいた人もいた。危険な旅になることがわかっていたからだ。

滅多《めった》に人のことを悪く言わないアレスだが、内心では村人たちの態度を不満に思っていたのだろう。

「まあ、魔物は強いからね。僕の両親も殺されたし、誰も戦いたくはないよ」

僕の両親はふたりとも冒険者で、魔物と戦うことを生業《なりわい》にしていたようだが、魔王軍との大きな戦いの最中に命を落としている。

「でも、勇者になったら、その魔物と戦わなければならないんだ。しかも魔王まで倒さなければならない。勇者って何だろうな？　俺はそんなものにはなりたくなかったよ。でも、やんなきゃ世界が滅びるっていうんだ。ひどい話だよ」

アレスは乾いた笑いを浮かべた。

「……夜起きると、母さんが泣いているときがあったんだ。本当は勇者なんかになってほしくないんだよ」

それは僕も知っていた。僕の育ての親でもあるアレスの両親は、預言者のお告げの信憑《しんぴょう》性《せい》を疑っていた。できれば、アレスに勇者になってほしくないとも思っているようだった。

だけど、村長であるアレスの祖父が大喜びでアレスを称《たた》え、村のほとんどの人たちがアレスを勇者として祭り上げてしまったのだ。

「大丈夫だよ！　アレスならやれるさ！　剣だって魔法だって神の奇跡だって使えるんだ！　魔物だって何匹も倒している。王都にだって、そんなヤツはいないよ！」

少し無理をして明るい声を出した。

「どうかな？　タリズ村には専門職の戦士や魔法使いがいない。要は素人ばかりなんだ。そんな中で強さを誇ったって、実際のところはどうだかわからないよ」

「アレス……」

アレスの言葉を聞いて愕然《がくぜん》とした。ずっと側にいたのに、彼がそんな風に考えていたなんて知らなかったのだ。

「ああ、ごめんな。ちょっと村を離れて、つい言いたいことを言ってしまったよ。勇者としてやっていくと決めたのに、弱気になっていたようだ」

それ以降、アレスは弱気なことは言わなくなった。でも、僕はこのやり取りのことがずっと心に残った。

※　※　※

旅路は順調だった。途中で立ち寄った村々では、アレスは大人のようにちゃんとした交渉をして、わずかなお金と引き換えに、水や食料を手に入れた。

魔物と遭遇しても、できるだけ戦いを避け、どうしても避けられないときのみ戦った。戦うときも僕の安全を確保した上で、冷静に、そして着実に戦いを進めた。攻撃魔法と回復魔法を的確に使い、剣でとどめを刺すその姿は、やはり勇者にしか見えなかった。

今は鬱蒼《うっそう》とした森を抜ける街道を歩いている。

空は青く晴れているはずだが、道の両端にある木々が大きく伸びていて、空をふさぎ、漠然とした不安にかられた。

元は王都に繋がる道として人の行き来が活発だったが、魔王の出現以降、魔物が跳梁《ちょうりょう》する森となってしまい、人通りはまったくない。現に半日歩いても誰ともすれ違わなかった。

その一方で、やはり魔物の数は多く、すでに何度も遭遇しているが、アレスがことごとく倒している。

「さすがだな、アレスひとりでも十分やっていけたんじゃないか？」

僕も一応護身用に剣を持たされていたが、使う機会はまったくなかった。旅の途中で、アレスの練習の相手をする程度だった。

「ザックも俺を買いかぶりすぎだよ。何かをひとりで続けるのは辛いもんさ。おまえがいてくれるから先に進めるんだよ。剣を習ったときだって、魔法を勉強したときだって、回復魔法を教わったときだってそうだ。最初は仲間みんなでやり始めるけど、うまくいかないとわかると、ひとりまたひとりと抜けていく。で、最後に残るのは、いつも俺とおまえだけだ」

「魔法も神の奇跡も身につかなかったけどね」

僕は笑って答えた。

「それは残念だったけど、最後まで俺に付き合ってくれた。十分すごいよ。うまくいかないことを続けることは難しいことだ。俺は色々器用にこなせたから良かったけど、ちょっとでも上手《うま》くいかなかったら、どうなっていたかわからない。みんなと同じように途中で止めてしまったかもしれない」

「アレスに上手くできないことなんて想像できないな。でも、僕だって何かひとつくらいは身につけたかったよ」

それは本心だった。せめて何かひとつくらいは同《おな》い年《どし》の従弟に追いつきたいと、必死に頑張ったのだが、いつも上手くいかなかった。

「俺にだって上手くいかないことは……」

そう言いかけて、アレスは立ち止まった。僕も何かを察して止まり、周囲の様子を窺《うかが》った。

静かすぎる。森の動物の鳴き声さえ聞こえない。

「おや、気付いたか。さすが勇者と言われるだけはあるようだな」

のそりと、前方の大きな木の陰から何者かが現れた。人……のようではあるが、紫の肌に隆々とした肉体、人の倍の長さはあるであろう耳、そして真っ赤な瞳。

「逃げろ！　魔人だ！」

アレスが叫んだ。それを聞いて、僕はすぐに後ろに走り出した。

魔人。魔王の眷属《けんぞく》である彼らは人に近い姿をしているが、力も魔力も人より圧倒的に強い。

僕がすぐに逃げ出したのは、魔人への恐怖もあるが、アレスの足を引っ張りたくないことも大きい。

すぐに剣と剣がぶつかり合う音が聞こえた。アレスが魔人と戦い始めたのだ。

僕は森の中に飛び込むと、十分距離を取って、木の陰からその戦いを見守った。

魔人は見たこともないような巨大な大剣を両手で振るっていた。それも烈風のような勢いだ。

「ふふっ、預言者によって勇者が見いだされたと聞いていたが、所詮はまだガキ。成長する前に殺してしまえば、どうということはない」

余裕のある魔人の攻撃の前に、アレスは防戦一方だった。

当たれば傷を負うどころか死にかねない攻撃を、アレスは冷静にかわし、かわせないものは剣で受け流していた。

アレスは耐え続け、そのままジリジリと時間が流れる。

攻撃してこないアレスに、当初は余裕を見せていた魔人だが、やがて面倒くさくなったようだ。

「防御だけは一人前のようだな？　だが、魔法はどうかな？」

なかなか攻撃が当たらないことに焦れた魔人は剣での攻撃を止めて、左手を前に出し、魔法を発動させようとしたのだ。

そこをアレスは見逃さなかった。

「ハッ！」

それまでため込んだ力を吐き出すように、矢のような勢いで踏み込むと、前に伸びた魔人の手に素早い斬撃を加える。

魔人の指が何本か、宙に舞った。

「ギヤァァァッ!!　このガキッ！」

傷を負った魔人はすぐに大剣を両手で持ち直すと、アレスに反撃を試みた。

が、さきほどまでの剣のキレがない。

(指を失ったから、うまく剣を握れてないいんだ！)

アレスはこれを狙っていたのだろうか？　狙っていたのなら凄《すご》い！

そこからは打って変わって、アレスが攻勢に出て、魔人が防戦に追われた。

アレスは決して大きな一撃を狙おうとせず、相手の隙を狙って細かいダメージを与えていった。

「くっ、このっ！」

細かい傷を無数に作った魔人は、傍目《はため》にも徐々に弱り始めた。

勝利は目前だったが、それでもアレスは堅実に戦いを進めていった。

そして、鋭いアレスの一撃を受け損ねた魔人は、とうとう剣を落としてしまった。

ガランッと音を立てて、地面に落ちる魔人の剣。

この機を逃さず、アレスは魔人の首筋に向けて剣を振るう。

だが、魔人はその一撃を何も持たない左手で防いだ。刃が腕に食い込んでいくが、完全に両断するには至らない。むしろ、魔人は腕の筋肉を膨らませることで、剣をくわえ込んだように見えた。

「抜けない⁉」

この戦いで初めてアレスは声を上げた。

「左手はくれてやる」

魔人はニヤリと笑うと、右手に巨大な爪を生やし、アレスに襲い掛かった。

アレスは剣を手放して、この一撃を避けようとしたが、腹をわずかに斬り裂かれた。

なおも迫りくる魔人に対して、アレスは呪文を詠唱した。

「風よ！」

風の魔法を魔人の目を狙って放った。

「ちっ！」

魔法は回避した魔人だったが、この間にアレスは後方に下がって間合いを広げた。

魔人は左手に食い込んでいた剣を抜いて、後ろの森の中に放り捨てた。左手はだらりと下がっている。さすがに満足に動かすことはできないのだろう。

アレスは何事か呟《つぶや》いている。おそらく魔法の詠唱だ。しかし、アレスの知っている魔法は基本的なものばかりで、とても魔人に通じるとは思えない。

（まずい！）

そう思って、僕は森の中からアレスのほうへ駆け出した。手には自分の剣を持っている。

魔人が動き出した。アレスは敵を十分引き付けてから、火の呪文を放った。

火は魔人の頭を覆うようにまとわりついたが、魔人はかまわずに突進する。

アレスは何とかかわしたが動きが鈍い。さきほどの腹部の傷が後を引いているのか？

「アレス、受け取れ！」

僕は自分の剣をアレスに向かって投げた。

魔人が右手の爪を振り上げる。

くるくると回転する剣をアレスは器用に受け取ると、爪を振り下ろさんとする魔人の懐に飛び込んで、ずぶりとその腹に突き刺した。

「やった！」

僕はつい声を上げた。

だが、

「……命もくれてやろう……だが、おまえも道連れだ……」

魔人は剣で貫かれた状態で、口から覗《のぞ》いた大きな牙で、アレスの首筋に喰《く》らいついたのだ。

アレスの首から勢いよく血が噴き出す。

「アレスッ‼」

僕の絶叫が森の中に響いた。

断章二

fragment 2

俺が六歳のときに、ザックは家にやってきた。父さんの妹がザックの母親なので、あいつは俺の従弟にあたる。年は同じで、背恰好も似たようなものだったから、俺は良い遊び相手が来たと喜んだ。

ザックの両親は冒険者をしているだけあって、恰好良かった。

ザックの父さんは戦士。そこらへんの村人とかとは違って、顔が凛々《りり》しいし、身体には無駄な贅肉《ぜいにく》がなくて筋肉が凄い。頼んで何度か剣を振るうのを見せてもらったけど、人ってこんなに綺麗に動けるんだ、って感動した。ひょっとして、この人は世界一強い戦士なんじゃないかと思った。

ザックの母さんは魔法使い。とても賢く、自分で勉強して魔法を覚えたらしい。俺の家にはそのときの本とか魔導書が残っているが、何度も読み込んだせいかボロボロになっていた。一回、魔法を見せてもらったけど、空に打ち上げられたその魔法はとても美しかった。

でもザックは「本当にこのふたりの子どもなのか？」って思うくらい普通だった。むしろ、鈍臭《どんくさ》かった。ただ、不器用なくせに、遊びでも何でも、自分が上手くできないことは、できるようになるまで淡々とやり続けるような変なところがあった。

そのことをザックに聞くと、

「できるようになるまでやるのが、うちの家訓なんだって」

と言われた。でも遊びのときにそんなことを始められたら面倒くさいので、俺は適当なところでザックを止めることにした。

ザックの両親は一週間ほど家に滞在した後、魔王軍と戦うために旅立つことになった。

聞けば、マリカ国が魔王軍の侵略を受けて、大きな戦いになっているので、そこで勝つことができれば、しばらく平和になるみたいだった。

「しばらく？　ずっと平和になるんじゃなくて？」

俺は母さんに聞いた。

「魔王を倒さない限り、ずっと平和になるのは難しいわ。でも、たとえ短い間だったとしても、その戦いで得られる平和は大切なものなのよ？」

母さんは悲しそうな顔をしている。

「じゃあ、俺が魔王を倒してやるよ！」

俺は母さんを励まそうと思って、そう言った。

「そう……」

母さんは複雑な表情を浮かべていた。

※　※　※

「アレス、ザックのことをよろしくね」

旅立つ直前に、ザックの両親から俺は頼まれた。

「もちろん！　任せてください！」

尊敬する人たちから頼まれたのだから、引き受けるに決まっている。

ただ、ふたりはザックのことを優しく長く抱きしめていた。

それを見て、この人たちにはもう会えないんじゃないか、って思った。

次の日から、俺は村の仲間を集めて、木の棒を持って剣の練習を始めた。

「俺たちで魔王を倒すんだ！」

俺は本気だったし、仲間もそれに乗ってくれた。もちろん、ザックも。

木の棒を振るっているだけだけど、俺たちはいっぱしの冒険者になった気分だった。

目指すのはザックの父親のような戦士。見せてもらったあの剣技をみんなで目指すつもりだった。ところが……。

「アレス、飽きたから別のことやろうぜ」

一月くらい経《た》つと仲間のひとりがそう言いだした。

「そうだよ、アレスが強すぎて面白くないよ」

他の仲間たちもそれに賛同した。

どうやら、練習をするにつれて、腕に差がついてきたことが面白くなかったようだった。

確かに俺が一番上手かったし、仲間たちとは大分差があるように感じていた。

いや、そもそもこいつらには剣の練習ですらなくて、遊びの延長でしかなかったのかもしれない。ただ、ザックだけはやる気を見せた。

「そうか……わかったよ……」

俺はみんなで剣の練習をするのを止めて、ザックとふたりで続けることにした。

※　※　※

うちは村長の家で、父さんも母さんも学があったから、ザックと一緒に読み書きを教えてもらった。俺はすぐに字が読めるようになって、家にあった色々な本を読むようになった。ザックが本を読めるようになったのは、随分後になってからだったと思う。

読んだ本の中には勇者の話があって、それによると勇者は剣だけじゃなくて、魔法使いのような攻撃魔法や、僧侶のような回復魔法も使えるとあった。

「よし！　じゃあ魔法も覚えるか！」

俺は単純にそう考えた。魔王を倒すのは勇者だ。なら魔法も使えなくてはならない。

ザックの母さんが勉強に使っていた魔導書はあるが、さすがにそれは難しいと思ったので、村の教会の神父様に回復魔法を教えてくれるよう、お願いしに行った。


「回復魔法を教わりたい？」

この村の神父様はまだ若くて、優しそうというか気弱な感じがする人だった。

「うん！　俺は勇者になりたいんだ！」

「勇者？　なるほど、勇者か」

神父様は少し思案し、

「お父さんの許可を取っておいで。そしたら、簡単な手ほどきをしてあげよう。本当は僧侶になる人にしか教えてはいけないんだけど、こんな時代だからね」

と言って、優しく笑った。

早速家に帰って、父さんにそのことを話した。

「回復魔法？　あれは選ばれた人間しか使えないと思うが……まあ神父様が手ほどきをし

てくれると言っているのであれば、試してみなさい」

父さんは俺が回復魔法を使えるようになるとは思っていないようだった。

ともかく許可が出たので、俺はザックと一緒に教会に行って、神父様に教えを受けることになった。

と言っても、簡単なお祈りの仕方と、お祈りをするときの心構えのようなものを教えてもらっただけだ。

「まずは神の存在を感じないといけない。それを意識できれば、自然と祈りに力が宿るようになる」

神父様曰《いわ》く、僧侶になる人は神の存在を感じることができるそうだ。逆に言うと、神の存在を感じるから僧侶になるらしい。

そんなものは今まで感じたことがなかったので、とりあえず祈りの言葉を何度も口ずさんだ。ザックも一緒に口ずさんだ。ふたりで一生懸命お祈りをしていると、仲間が寄ってきた。

「何してんの？」

「回復呪文の練習」

「回復呪文？　アレスは神父様になるの？」

「俺は勇者になる。神父様になりたいわけじゃない」

「そのお祈りをすれば、回復呪文が使えるようになるの？」

「神様の存在を感じて、お祈りができるようになればな」

「ふーん、俺にも教えてくれよ」

「なんで？」

「家の畑仕事とか大変だし、神父様みたいにお祈りするだけの人になりたい」

仲間の動機は不純だと思ったが、お祈りのやり方は教えてやった。するとその後、何人も他の仲間たちが集まってきて、みんなでお祈りをするようになった。理由は同じで神父という仕事が「偉くて楽だから」というものだった。

何日かそんなことをしていたが、やがて仲間たちはひとりふたりと抜けていった。

それはそうだ。簡単な祈りの言葉を唱えているだけなんて、面白くも何ともない。最後に残ったのは俺とザックだけだった。正直、俺も止めたかったけど、ザックはずっと真剣にやっていた。ひょっとしたらザックは、回復呪文を覚えて両親のもとへ行きたいんじゃないかと思った。そしたら、止めることはできなかった。

※　※　※

何か月か経って、マリカ国と魔王軍との戦いの噂《うわさ》が村に入ってきた。

この国のミュラー将軍率いる軍が奮戦して、魔王軍の撃退には成功したが、その到着が遅かったため、マリカ国は滅亡した。義勇兵として前線で戦っていた冒険者たちは誰も生き残らなかったらしい。

その噂を聞いた夜、父さんと母さんは俺とザックに言った。

「今日からザックはうちの子になる」

ザックは黙って頷《うなず》いた。


その夜、ザックはベッドの中で静かに泣いていた。俺は隣の部屋からかすかに聞こえてくるその泣き声を聞きながら、ザックの両親のために祈りを捧げた。

俺はそのときまで、祈りの言葉の意味なんて何もわかってなかったんだと思う。何となく、その言葉をなぞっていただけだったんだと思う。

生まれて初めて誰かのために祈ったとき、組んだ手の中に微《かす》かな光が宿った。

ささやかだけど神の奇跡を起こした翌朝、教会に行って、神父様にそれを見てもらった。

「凄《すご》いね。正直に言うと、わたしは無理だと思っていたけど、確かにこれは神の奇跡だ」

俺の頭に手を乗せて、神父様は褒めてくれた。

「しかし……残念ながら、それほど強い力を感じない。恐らく使えるようになっても、初歩の回復呪文までだと思う。それでも続けるかい？」

俺は迷うことなく頷いた。

※　※　※

さらに何か月か神父様から教えを受けると、簡単な回復魔法を使えるようになった。

ザックも一緒に教えを受けたが、残念ながらあいつは神の奇跡を起こすことはできなかった。

俺が回復魔法を使えるという話はすぐに村中に広まった。というより、村長だった祖父が得意気に話を広めたのだ。

父さんの話によると、祖父は娘だったザックの母が魔法が使えるようになったときも、同じように村中に自慢したらしい。

そのせいで簡単な怪我《けが》なら治してもらえると。村人が俺のところへ来るようになった。

まあ、回復魔法の良い訓練になったので、ありがたくもあったのだけど。

ただ、神父様が言った通り、限界はすぐにきた。初級の回復魔法しか使うことができず、それ以上の神の奇跡は行使することができなかった。

正直、これでは何の役にも立たない気がしたので、俺は攻撃魔法を勉強することを決めた。

攻撃魔法を覚える理由はもうひとつあって、ザックがこれ以上回復魔法を覚えようとしても無駄になると思ったからだ。それよりも母親が魔法使いだったのだから、攻撃魔法を覚えさせたほうがいいんじゃないかと考えた。

そのことをザックに話すと
「……うん、アレスがそう言うなら一緒にやるよ」

と答えた。少し回復魔法に未練があるようだったけど、ふたりで攻撃魔法を覚えるための勉強を始めることになった。まずは魔術書を読むための古代文字を読むところからだ。

これに関する本もザックの母が使ったものが残っていたので、ふたりでそれを読みながら一生懸命勉強した。

俺たちが攻撃魔法の勉強をしているということは村の噂になった。すると、また仲間たちが一緒に勉強したいとやってきた。

「魔法を使える人間は偉くなる」と単純に考えたらしい。ただ、仲間たちは読み書きすらできなかったので、そこから勉強しなければならなかった。

読み書きを覚え、それから古代文字を覚え、さらに魔導書を読むという道程の長さに、仲間たちはあっさり挫折し、すぐにいなくなった。

※　※　※

魔法の勉強は長く続いた。勉強が難しいということもあったが、家の仕事の手伝いをし、剣の練習をし、その合間を縫っての勉強なので、すぐに結果はでなかった。

結局、俺が初めて魔法の詠唱に成功したのは十二歳の時だった。五年以上もかかったのだ。ザックが一緒に勉強していなかったら、とても続かなかっただろう。ただ、ザックは攻撃魔法も習得することができなかった。

この頃になると再び魔王軍が侵攻を開始し、魔物の数は増え、その活動も活発なものになった。村でも自衛団のようなものが結成され、村人たちも武器を使った訓練が始まった。

俺たちもそれに加わったが、ずっと剣の訓練をしていたため、大人たちよりも圧倒的に俺のほうが強かった。時には村の近くに出没した魔物も倒すようになった。

こうなってくると、剣も使え、回復魔法と攻撃魔法も使えるということで、俺は天才扱いされるようになった。祖父は「この子は勇者かもしれない」と喧伝《けんでん》した。

だが、俺はそうは思わなかった。俺はザックの両親を知っている。剣はザックの父に劣り、攻撃魔法はザックの母に及ばず、回復魔法は神父様ほどではない。

要するにどれも中途半端なのだ。これでどうやって魔王を倒せるようになるのか、見当もつかなかった。


そんなとき、絶望的な出来事が起きた。

村に預言者が現れたのだ。

『この村から魔王を倒す勇者が現れる』

多くの村人たちの前で、預言者はそう告げた。

その言葉に、村人たちは一斉に俺のことを見た。

(やめてくれ！　そんな目で俺を見ないでくれ！)

俺はそう叫びたかった。魔王を倒すなんてできるはずがない。身体が震え、足がすくみそうだった。

助けを求めるように隣にいたザックに目をやると、あいつは預言者のことをまっすぐ見ていた。

ザックだけは誰かに期待するのではなく、自分自身に勇者の可能性を見いだそうとしているように見えた。思えば剣も魔法も俺よりできないけど、自分から諦めるようなことは一度としてなかったヤツだ。

その姿を見て、俺は平静を取り戻すことができた。

結局、俺は勇者に祭り上げられたが、黙って受け入れた。

両親と相談して、とりあえず王都へ向かい、ファルム学院に入ることにした。幸いなことに両親だけは冷静に考えてくれていて、俺がすぐに魔王を倒せるような勇者ではないことはわかっていた。むしろ、勇者であることにすら懐疑的であったが、そんなことを村人たちに言えるような雰囲気ではなかった。村長である祖父が「やはりアレスは勇者だった」と祝宴を始める有様だったのだ。

俺はその日以降、家の仕事を手伝うのは止めて、剣と魔法の特訓に明け暮れるようになった。率先して魔物も倒すようにした。死に物狂いだった。

不安で仕方なかったが、隣にはいつもザックがいてくれた。

何ひとつうまくいかなくても、ずっと俺と一緒に頑張ってくれた。

俺はその姿に励まされ続けてきたんだと思う。

自分が勇者かどうかなんてわからない。

でも、勇者に必要なものは、剣の腕や魔法とかじゃないような気がする。

俺は何となく、勇者にはザックがふさわしいと思っていた。

断章三

fragment 3

結果的にアレスは何とか助かった。

魔人が絶命したおかげで、首の傷も思ったより重傷ではなく、回復呪文で傷は塞がった。だが、傷は塞がっただけで完治したわけではない。アレスの左の首の周り一帯は紫色に変色し、酷《ひど》い有様だった。しかも首の傷を癒やすのに、アレスはすべての魔力を使い切ってしまい、魔力切れと傷の痛みでひとりで立つことすらできない。

それに腹部に受けた傷は浅かったが、傷口が塞がる様子はない。布を巻きつけて応急処置をしているが、布の表面に血がにじんでいる。初歩の回復魔法で容易に治る程度の傷だが、今のアレスにはそれを使うことすらできない。

(このままではアレスが危ない)

首のダメージもそうだが、腹の傷がもとで命すら危うい可能性がある。僕は荷物を最小限にして、アレスに肩を貸して歩き始めた。

放り捨てられたアレスの剣は捜し出して、今は僕が持っている。剣だけは一緒に持って行きたいとアレスが懇願したからだ。

「すまないな」

青白い顔をしているアレスが謝ってきた。

「気にするな。僕は今、世界を救う勇者を救おうとしているんだ。なかなかの英雄だろう?」

冗談を言って誤魔化《ごまか》そうとしたが、足取りの重さはどうにもならない。普通の歩く速度の半分以下の速さだ。これではいつ人里に着けるかわかったものではない。

※　※　※

アレスの状態は時間が経《た》つごとに悪化していった。

腹の傷が悪化しているのか、アレスは高熱を発し、とうとう歩けなくなった。

僕は荷物をほとんど捨てて、アレスを背負って歩くことにした。

自分と同じ背恰好の人間を背負うのは辛い。すぐに体力が尽きてしまう。

背負って歩いてはすぐに休むことを繰り返した。この調子では一月経っても、人里に着くどころか、森すら抜けることもできないだろう。

休憩しているときに、村の神父様に習った回復魔法をアレスに向かって唱えた。一度も成功したことがなかったので、やはりと言うべきか神の奇跡は起きない。

（一生のお願いです！　アレスの傷を癒《い》やしてください！）

必死に神に祈り、願っても、その祈りが神に届くことはなかった。

この程度の傷で、アレスが死んでしまうのかと思うと、もっと努力して回復魔法を習うべきだったと後悔した。あまりの自分の無力さに涙が流れた。

アレスはもう目も開けていられない状態だったので、僕の泣いている姿を見られることはなかった。


アレスを背負って歩く。でも、まったく進まない。昨日よりも酷い。僕の身体の調子も悪いのだ。疲労と空腹もあるが、何より、もう水がなかった。飲む水もないし、アレスの腹の傷を洗うこともできない。

近くに川や水場がある気配がないし、森が険しすぎて、中まで入っていけない。水の大切さは知っているはずだった。でも持っていた水は、昨日、アレスの傷を洗うのにほとんど使ってしまったから、もうないのだ。

「水よ！」

昔、アレスと一緒に練習した水の魔法の詠唱を試みるが、一度も成功したことがないので、まったく反応がない。アレスなら水くらい簡単に出すことができたはずだ。

なんで傷を負ったのが僕じゃなかったんだろう。

なんで僕は簡単な魔法ひとつ唱えることができないんだろう。

「井戸から水を汲《く》んだほうが早いよ」

一緒に魔法を勉強したことがある仲間たちは、アレスが初めて唱えた水魔法を見て、そう言った。

それはその通りだろう。しかし、常に近くに井戸や川があるとは限らないのだ。ましてや、魔物と戦う旅の最中に、そんな恵まれた環境が整っているとは思えない。今、僕はそれを骨身に染みる程実感していた。

夜が来て、周囲がまったく見えなくなった。獣なのか魔物なのかわからないモノの咆哮《ほうこう》があちこちから聞こえる。怖い。火が欲しかった。

「火よ！」

文言だけ知っている火の魔法を詠唱するが、当然何も起きない。

アレスの身体から異臭がし始めた。恐らく傷が腐り始めたのだろう。僕は怖くて、傷を覆った布を剝《は》がして、それを確認する勇気が出なかった。火の魔法が使えれば、アレスの腹の傷を焼くことで、傷口を塞ぐことだってできたはずだ。

もともと、荷物の中に火打ち石は入れてなかった。アレスが火の呪文を使えるから、必要ないと思っていたのだ。しかし、こうなってくると、火の重要性というものに嫌でも気づかされる。星の光すら届かない森の中の闇というものは深淵《しんえん》を覗くようなもので、根源的な恐怖を感じる。

そして何より寒い。アレスは高熱を発しているが、それは頭や傷周りといった身体の一部だけで、指先は生気を感じさせないくらい冷たかった。身を寄せ合っても、まったく暖かくならない。

ささやかな火でいいから、魔法が使えるようになりたい。

(もう一度機会があるのなら、必ず魔法を習得しよう)

暗闇の中で恐怖に震えながら、そう心に誓った。

朝が来た。ロクに寝ることができなかった。アレスが一晩中うなされていたからだ。顔から血の気が引いていて、もはや死人同然だ。僕自身、まったく疲れが癒えてなくて、アレスを背負って歩く体力も気力もなかった。

「どうしたら良いんだ、一体、どうしたら……」

絶望感から、つい声が漏れてしまった。

「殺してくれ……」

アレスが呻《うめ》くように声をあげた。

「もう俺はダメだ。このままだとザックも巻き込んでしまう。それにずっと苦しいんだ。

自分の身体が腐っていくのも恐ろしい。頼む、俺の剣でとどめを刺してくれ」

吐息を吐くような小さな声でアレスが喋《しゃべ》った。

「できるわけないだろう！　おまえは僕の兄弟で、親友で、ずっと一緒にいた仲じゃないか！　そんなことできるわけがない！」

僕とアレスは兄弟同然に育った。殺すことなんて、想像することすらできない。

「だからだよ。俺の今の気持ちがわかるはずだ。ザックは俺を置いて先に進むしかない。でも、このまま俺を放置したら、生きたまま虫や獣に食われるだけだ。だから頼むよ、俺を死なせてくれ。それでおまえひとりで先に行ってくれ」

アレスの目は開いていない。痛みに耐えるように、顔を何度も顰《しか》めるだけだ。

「僕ひとりで王都に行ってどうするんだよ？　おまえは勇者だろう？　勇者が死んでしまったら世界は終わりじゃないか！」

「……結局のところ、俺は勇者じゃなかったんだよ。預言者も『この村から世界を救う勇者が現れる』としか言ってない。俺とは一言も言ってないんだ。それに俺は、預言者の話を聞いたとき、自分のことじゃなくて、何故《なぜ》だかザックのことを想像したんだよ」

「僕のわけないだろう！　魔法も使えないんだぞ！　魔法が使えたら、アレスの傷だって治せたのに！　剣だって大して使えないのに……」

僕はもはや堪え切れずに泣き崩れた。

「……なんでだろうな、よくわからないけど、俺はそう思ったんだ」

アレスが大きく顔を歪《ゆが》めた。

「……ああ、全身が刺すように痛い。苦しいんだ。頼むよ、ザック、頼む。俺を楽にしてくれ」

アレスが本当に苦しんでいるのは、見てわかった。そうしないといけないことを本当は理解していた。

僕は泣きながら剣を抜いた。

地面に倒れているアレスの胸に剣先を当てる。

アレスは目を閉じたまま、笑った表情を作った。苦しいはずなのに無理矢理《むりやり》笑顔になろうとしていた。

僕のためにそうしてくれているのだ。

手が震えた。少しだけ、ほんの少しだけ時間が経ち、再びアレスの顔が苦痛に歪《ゆが》んだとき、僕は彼の胸に剣を突き立てた。

グッという感触がした後、吸い込まれるように剣はアレスの胸を貫いた。

アレスの口が微かに動いた。音にすらならないような最期の声。

「母さん」

と聞こえたような気がした。

断章四

fragment 4

あのときから八年経った。

この森は何も変わっていない。空を覆うほど巨大で圧迫感のある木々、漠然とした不安を感じさせるこの雰囲気。何も変わっていない。

魔王は討ったものの、未《いま》だに魔物の数は多く、人通りは皆無で、森を抜ける街道は荒れていた。

僕はかすかな記憶を頼りに、アレスの遺体を置いた場所を捜したが、見つからなかった。地面を掘って埋葬する体力も気力もなくて、遺体を隠すようにマントで覆っただけだったから、たとえ正確な場所を覚えていたとしても、もう何も残っていないだろう。

「何をしている、アレス？　こんなところで道草している場合じゃないぞ？　早く王都に戻って、魔王討伐の報告をせねば。まだ残党も多く残っていると聞くし、まだまだ俺たちの力は必要だ」

道から逸れて森に入り込んだ僕に、レオンが声をかけた。

彼は帰りを急いでいる。次期伯爵家当主として、大きな功績を上げたのだ。胸を張って、王宮で報告をしたいのだろう。当然のことだ。

マリアもソロンも戻れば地位を約束されている。

「レオン、マリア、ソロン。ここでお別れだ。勇者アレスは死んだと伝えてくれ」

僕の言葉に三人は目を剝《む》いた。

「何を馬鹿なことを言っているんだ、アレス。ようやく魔王を倒したんだぞ？　一緒に戻るんだ！　そうすれば、おまえは姫と結婚して王になれるんだぞ？　おまえが王になるなら、俺は仕えてやっても良いと思っているんだ！」

レオンは一旦言葉を切ると、少し思案して、言葉を継いだ。

「もしかして、王になることに不安があるのか？　確かにいくら勇者といえど、平民出の者が王になるなど、反対する貴族たちがいるかもしれん。だがそれなら、俺がついているから大丈夫だ！　伯爵家が全力をもって支援する。誰にも文句は言わせない」

出会った頃のレオンは、僕のことを平民だの生まれが卑しいだのと散々罵倒し、「勇者になって次期王になるのは俺だ！」と息巻いていたものだ。

そのときから比べれば、彼は随分変わった。いや、芯の部分は変わってない。

レオンはいつだって私欲はなく、本当に国のためを考えている高潔な貴族であり、騎士だった。

「そうですよ、アレス。王になることも勇者としての試練。ここで投げ出すなんて、あなたらしくありませんよ？」

マリアが優しく微笑《ほほえ》んだ。

「私が教会を掌握するので、共に権力を握りましょう」

……言っている内容は優しくなかった。

「アレス、何故だ？　理由を言え」

ソロンは努めて冷静に質問してきた。

「ごめん、僕はアレスじゃないんだ。本当は勇者じゃなかったんだよ」

ずっと言いたかったことが、ようやく口にできた。

「何を言っているんだ？　おまえはアレスじゃなかったら誰なんだ？」

レオンは怪訝《けげん》な顔をしている。

「ザックだ、僕の本当の名はザックっていうんだ。今まで騙《だま》していて、ごめん」

三人に向かって頭を下げた。

「ザック？　何故名前を偽った？」

ソロンが質問を続ける。

「アレスが本当の勇者の名前だからだ」

それから、僕は過去のことを話し始めた。故郷の村に預言者が現れ、自分がアレスの供として旅に出たこと、その道半ばで魔人に襲われ、アレスが傷を負い、僕がとどめを刺したこと。そして、自分ひとりで王都に向かい、学院に入学したこと……。

「十四歳で魔人を倒しただと⁉　そんな男がいたとは……」

レオンはアレスの武勇に感嘆していた。

そう、アレスは凄《すご》い。十四歳であれだけのことができたのだ。生きていれば、もっと早く魔王を倒すことだってできたはずだ。

「アレスの話はわかった。しかし、何故、おまえがその名を騙《かた》る必要がある？」

ソロンが近くの木に寄り掛かった。少し長い話になると思ったのかもしれない。

「僕が勇者を殺したからだよ。だから、僕が勇者を引き継がなければならなかった。その責任があった」

勇者を殺した責任を取るために、僕はここまでやってきたのだ。

「アレスが死んだのは魔人のせいです。あなたのせいではありませんよ？」

マリアが言った。

「……いや、アレスが死んだのは僕のせいなんだよ。僕の手には、アレスを剣で貫いたときの感触がずっと残っているんだ。それに僕はザックとして魔王を討伐したわけじゃない。アレスとして魔王を倒したんだ。ザックのままだったら、とてもできなかったことだよ」

「既にアレスは死んでいるのに？」

ソロンは腕を組んで、指で腕を小刻みに叩《たた》いている。苛立《いらだ》っているのだろう。

「アレスの母は……僕を育ててくれたシェラさんはとても良い人なんだ。あの人に、『アレスは勇者になれずに死んだ』だなんて言えないよ。本当はアレスを勇者にだってしたくなかったんだよ、あの人は」

「だから功績をすべてアレスのものにし、おまえは去っていくと言うのか？」

ソロンの言葉の端々に怒りが感じられる。

「本当はアレスのものになるはずだった功績だ」

「馬鹿か、貴様は！」

とうとうソロンは声を荒らげ始めた。元々短気で口が悪いヤツなのだ。

「勇者はおまえだ！　アレスは道半ばで倒れた！　それが事実だ！　それに預言者の言葉は俺も知っている。『この村から世界を救う勇者が現れる』としていた。必ずしもアレスのことを指していない。最初から勇者はおまえだったんだよ！」

賢者だけあってソロンの指摘は正しい。僕もそのことはわかっていた。

「僕はロクに剣も魔法も使えなかった平凡な人間だよ。勇者なんて器じゃない。それに僕にとっての勇者はアレスなんだ」

そう、僕に勇者はふさわしくない。ずっとアレスの影を追っていただけにすぎない。

「ああ、おまえは平凡な人間だよ！　学院でもっとも才能のない人間だった！　そのおまえが魔王を倒したんだ！　そのためにどれだけの修練を積んだか、どれだけの代償を払ったか、それを俺たちは知っている！　昼も夜もなく、寸暇を惜しみ、寝る間も惜しみ、それで十分な成果を得られなくても、止まることなく進み続けた。確かにおまえに勇者の資質はなかったかもしれない。だが、それでも世界を救ったのはおまえだ！　俺はおまえ以外の誰も勇者とは認めない！」

ソロンはフードで顔を隠して言った。強い口調だが、優しい言葉だった。

「ありがとう、ソロン。君にそう言ってもらえただけで、僕はもう十分なんだ」

永遠に報われないと思っていた僕の努力は最後に実を結んだし、それを認めてくれる三人の友人がいる。それで十分だった。

「本当に去るのですか、アレス……いえ、ザック」

いつもの作り物めいた聖女の顔ではなく、マリア本来の素の表情で、僕のことを心から心配してくれていた。

「行かないでください、ザック。この私が止めているのです。私の願いを断るのは、神に対する冒瀆《ぼうとく》ですよ？」

「ありがとう、マリア」

滅多《めった》に見せないマリアのその素顔は、間違いなくこの世でもっとも美しいだろう。

「君にそう言われると決心が鈍りそうだよ。でも行かなくちゃ。これ以上先に進むと、誰かと出会ってしまう。そしたら、僕が生きていることが知られてしまう。それだけは避けたいんだ。本当はもう少し早く別れるつもりだったけど、少しでも長く君たちと旅を続けたかったんだ」

辛く厳しい旅だったけど、それでも仲間と過ごした日々は僕にとっては良い思い出だった。

「どこへ行くつもりだ？」

レオンが言った。

「まずは村に帰って、アレスが魔王を倒したと報告して、この剣をアレスの両親に返す。その後はこの国を出て、旅に出るつもりだ」

最後にシェラさんに会って、僕はこの国から離れるつもりだった。この国に居続けたら、隠したいことがいつかバレてしまうかもしれない。

「国王陛下はまだそれほどの年ではない。急いで次期国王を決める必要はないだろう。いつでも戻って来い。俺はおまえを喜んで迎え入れるつもりだ」

「ありがとう、レオン。僕は君なら立派な王様になれると思っているんだ」

「無論だ」

ふっ、とレオンは笑った。

「俺ほど王にふさわしい男はいないだろう。だが、おまえに功を譲られるほど落ちぶれてはいない」

まったくもって高潔な男だった。彼に王になる気がないのは残念だ。

「じゃあ、僕は行くよ」

僕は仲間たちに背を向けた。

「待て」

そこにソロンが声をかけた。

「おまえにとって、俺たちは、いや俺は何だ？　その……」

彼は少し言《い》い淀《よど》んだ。

「親友だよ、決まっているじゃないか」

学院時代からの長い付き合いで苦楽を共にした仲だ。それ以外にふさわしい言葉がない。

「……そうか。俺のような天才を親友呼ばわりするとは、相変わらず図々《ずうずう》しいヤツだ。でも、友達くらいにならなっていたかもしれんな」

ソロンは少し笑った。

「よかったですね、ソロン。あなた、子どもの時からひとりも友達がいませんでしたものね」

マリアが揶揄《やゆ》する。それをソロンは目で咎《とが》めると、

「俺はおまえがどこに行っても、必ず捜し出して連れ戻す。友達だからな」

と言った。

アレクシアの章

すんなり通された部屋には、待ち構えていたかのようにソロンが座っていた。いつものように紫色の賢者のローブを羽織っている。

「来たか」

どうやら、わたしが来ることを予期していたようだ。

「なぜ、アレスが勇者でなかったことを明かすような真似《まね》をしたの？」

「どうせ、いつかわかることだ」

「調査書も見直したわ。あなたたちは『アレス』と言ったときは、アレスのことを話していたけど、『あいつ』、もしくは『彼』と言っていたときはザックのことを話していたのね」

ソロンはそれには答えず、薄く笑った。

「一体いつザックはアレスになったの？　調査した限りでは、王都に来た段階でザックはアレスを名乗っていたようだけど……」

「王都に来る道中で魔人に襲われ、アレスは死んだらしい。ザックの言う事を信じれば、の話だが」

　わたしを試すようにソロンは答えた。ザックがアレスを殺した可能性を示唆したのだろう。

「信じるわ。でも、今になってなんでそのことを話したの？」

「言っただろう？　あいつには何の才能もない。嘘《うそ》をつくのも下手だ。この何年かバレなかっただけでも奇跡だ。どうせ、あんたもあいつが死んだと思ってなかったんだろう、——アレクシア姫？」

　その言葉を受けて、わたしはぐっと黙った。

「俺たちが国に戻った後、あんたには色々と縁談があった。その筆頭はレオンだ。だが、あんたもレオンも断った。『亡くなった勇者こそが王女の婚約者であり、まだ日が浅い』とか言ってな」

　縁談はレオンだけではない。ソロンも候補に挙がっていたが、彼も断ったのだ。わたしは舞い込んでくる結婚話を断り続け、レオンとソロンは何故《なぜ》かそれを支援してくれた。ただ、マリアだけは「王国の安寧のためにも、すぐに婚姻されるべきです」と言って、わたしに婚姻を勧めてきた。

　マリアはともかく、レオンとソロンのおかげもあって、わたしは未《いま》だに結婚せずに済んでいる。

「だが、それも限界だろう。陛下もいい加減許しはしない。だから、あんたは勇者の功績を文献にまとめるなんて事業を始めた。あいつを捜そうと思って」

その通りだった。わたしは国の施策として、勇者の功績を文献にまとめることを提案し、自らその調査を始めたのだ。

彼が生きていることを信じて。

しかし、まさか彼がアレスでなかったとは。

「他にもお節介な連中も多い。レオンは伯爵家の力を使って、あいつがどこに行ったか情報を集めているし、マリアは教会の情報網を駆使して捜させている。俺もまあ、捜し物をする魔術を幾つか編み出した」

「でも見つかっていない？」

「あいつが向かったのは国外だからな。そう簡単には見つからんよ」

ソロンの気難しそうな表情が少し和らいでいるように感じた。

「捜してどうするの？」

「連れ戻すさ。あいつは俺の友達だ。友達のいない人生はつまらん」

彼は両手を広げて、おどけてみせた。

「……ザックは自分が勇者であることを明かしたくないと思っている。それでも、あなたは彼を連れ戻すの？」

懸念しているのはそこだ。ザックは自分のついた嘘を貫き通したいと思っている。

「あいつは誰のために嘘をついているんだ？　タリズ村までちゃんと行ってきたなら、わかっているだろう？」

「シェラさんのためです。彼女のために、せめてアレスを勇者だったことにしたいと思っている」

「その通りだ。アレスの母であり、育ての親である彼女に義理立てしている。ご丁寧にアレスに似せた自分の絵まで描かせてな」

初めて絵を見た時、少し美化して描かせたのかと思ったものだが、そこには理由があったのだ。

「それで？　ザックは自分の嘘のために帰ってこないわ。彼は魔王を倒すほど意志の強い人間です。かといって、わたしたちがシェラさんに本当のことなんか言えません。ザックの覚悟を無駄にはしたくない」

「そうだな」

ソロンはあっさり認めた。

「しかし、だ。その嘘のことを最初からシェラが知っていたら、どうする？」

「どうする……って、そんなことわからないじゃないですか」

「わかるさ。絶対に知っている」

ソロンは断言した。

「なぜ、そんなことが言えるんですか？」

「あんたがもう一度シェラに会いに行けば、向こうから教えてくれる」

大賢者と呼ばれている男には、一体何が見えているのだろうか？

「もう一度、タリズ村まで行けと？」

馬で十日はかかる日程だ。そう簡単な旅路ではない。

「なに、俺が連れて行ってやろう。伊達《だて》に大賢者と呼ばれているわけではない」

「まさか、転移魔法？　研究中とは聞いていましたが」

「呪文は完成している。俺にしか使えんがな」

さらっと言ったが、転移魔法ははるか昔に存在していたといわれている伝説の魔法だ。

そんな簡単なものではない。

「どうする、お姫様。魔法で行くのは怖いかね？」

挑発するようにソロンは言った。怖いに決まっている。そんな見たこともない魔法に身を任せるなんて怖いに決まっている。でも、

「……良いでしょう。行きます」

今更、後には引けない。わたしがそう答えると、ソロンは立ち上がり、別の部屋へと案内した。

邸宅の地下の奥深い場所にあるその部屋には、床に大きな魔法陣が描かれている。

「今のところはこの部屋から転移し、この部屋にしか戻ることができない」

まるで欠陥のようにソロンは言うが、十分凄《すご》い内容だ。画期的と言えるだろう。

ソロンとわたしが魔法陣の中心に立つと、ソロンは呪文の詠唱を始めた。床の魔法陣が青白い光を灯《とも》し始める。そうして、その光が輝きを増していき、光で視界が真っ白になった瞬間、わたしたちはまったく別の場所にいた。

周囲を若々しい木々に囲まれている。さっきまで王都にいたはずなのに、強烈な草木の匂いがした。

「ここは？」

「タリズ村の近くの森だ。一応、人目につかない場所を選んでいる。とはいえ、シェラの住む家はそれほど遠くない。行くぞ」

そう言うとソロンはすたすたと歩き出した。彼は一見すると学者然としていて、こういう外歩きは苦手そうだが、考えてみれば勇者パーティーのひとりである。これくらいの道行きはまったく苦にしないのだろう。むしろ、速いくらいだ。わたしは慌てて後に続いた。

ソロンが言っていた通り、シェラの住む村長の家まではそれほど距離はなかった。途中、行き交った村人たちからは怪訝《けげん》な目で見られたが、ソロンはそれらの視線を完全に無視した。

そうして村長の家までたどり着くと、促されてわたしが家の戸を叩《たた》いた。

「はい……あら？」

出てきたのはシェラだった。

「またいらしたのですね。……来ると思っていました」

彼女は少し緊張したような笑みを浮かべると、わたしたちを家の中へと案内した。以前来た時と同じような時刻だったが、この時間帯は、夫である村長は外出していることが多いようだ。

「あの……この人は……」

「ソロン・バークレイだ。大賢者と呼ばれている」

わたしが紹介しようとする前に、ソロンは自分で名乗った。

「大賢者……そんな方にまで、こんなところに足を運んでいただけるなんて。

わたしはシェラ・シュミットです。お初にお目にかかります」

シェラはソロンに丁寧な礼をすると、そのままわたしのほうを向いて跪《ひざまず》いた。

「あなたはアレクシア姫ですね？　前回の訪問の際は、失礼しました」

わたしは虚を突かれた。以前来た時も今回も、調査にきた文官として身なりはできるだけ簡素なものにしている。装飾品も身に着けておらず、王族とはそうは気づかれないはずだ。

「身についた気品ある立ち振る舞いは、そう簡単に消せるものではありません。わたしも一見では気付きませんでしたが、所作や話し方などから、そうではないかと思いました」

さすがアレスとザックを育てただけはある。シェラは人を見る目があり、人を正しく育てられる人物なのだ。

「やはり、あなたは思った通りの人のようだ」

ソロンは少し声を落とした。いつもはっきり物を言う彼らしくない。

「俺たちが何故ここにきたのかも察しているのだろう」

「ええ、ザックのことですね」

彼女は目を閉じて答えた。

「わかっています。いつか誰かに言わなければならなかったことも。いえ、本当はあの子にその場で言わなければならなかった……」

「最初から気づいていたんですか⁉」

思わず声をあげた。まさか、そんな早くから知っていたとは思わなかった。わたしだって調査を進めるうちに、やっとわかったことだ。

「わたしはあの子の母ですよ？　子供のついた嘘くらいわかりますよ。ザックは昔から素直で嘘の下手な子でした」

シェラは儚《はかな》く笑った。

「ザックがこの家に帰って来たとき、わたしは一瞬だけアレスが帰ってきたのかと思いました。でも、すぐにあの子の優しくて悲しそうな目を見て、ザックだとわかりました。そして言うんです。

『アレスが魔王を倒した。でも、アレスも魔人によって殺されてしまった』って。

それから、わたしにあの剣を渡したんです」

シェラは壁にかけてある剣を指差した。

「あの子は泣いて言いました。『ごめんなさい、僕だけが戻ってきて、ごめんなさい』と。わたしは『アレスが魔王を倒したの？』って聞きました。多分、声は震えていたでしょうね。

あの子は黙って頷きました。

『あなたは今までどこで何をしていたの？』って聞いたら、『王都で働きながら生活していた』って答えたんです。おかしいですよね」

シェラの目から、とめどなく涙が溢《あふ》れた。

「だって、あの子は信じられないくらい立派になっていたんですもの。見たことがないくらい身体が鍛えられていて、顔も精悍《せいかん》に引き締まって、目だけが旅立つ前と変わってなかったんです。

とても、農家や商店で働いていたような感じではありません。兵士として働いていたって、あんな風になりませんよ。それで『あなたはこれからどうするの？』って聞いたら、『すぐに旅に出る』って言うんです。わたしは行ってほしくなかったから、引き留めるためにあの子の手を握りました。そしたら、あの子の手は木の皮を触っているようにゴツゴツと硬くなっていたんです。掌《てのひら》もマメだらけで、きっと何万回も剣を振るってきたんでしょうね。よく見れば、服からのぞいている肌の部分には、信じられないくらいあちこちにいっぱい傷跡があって……。

それでわたしはわかったんです。『ああ、この子が魔王を倒してくれたんだ』って。『アレスとわたしのために魔王を倒してくれたんだ』って。そしたら、わたしはそれ以上、何も言えなかったんです。あの子のついた優しい嘘《うそ》を『嘘だ』なんて、とても言えませんでした」

シェラの話にわたしの視界は滲《にじ》んだ。ソロンはフードで顔を隠している。

「別にわたしはアレスにもザックにも勇者になんかなってほしくなかった。ただ普通に育って成長して、幸せに生きてほしかった。もうそれはアレスには望めることではありませんけど、せめてザックには幸せになってほしいんです。そして、あの子の口からちゃんとアレスの最期について聞かなければなりません。それが母親として務めです。ですから、アレクシア姫、あの子を、ザックを見つけてください。どうかお願いします」

断章一

fragment 1

ロゾロフ大森林の戦いを経て、僕はレオン、マリア、ソロンとパーティーを組むことになり、正式に勇者として認められた。

王城に初めて登城したときは、微妙な雰囲気を感じた。

「レオンたちを差し置いて、何故《なぜ》こんなヤツが？」と誰もが思っていたのだろう。ただ、僕自身も同じ考えだったので、あまり気にはならなかった。

王は僕自身にはそれほど期待しているようには見えなかったが、結果的に優秀な人間が集まった僕のパーティーには期待しているようだった。魔王軍との戦況が悪化する一方だったので、期待せざるを得なかったのだろう。

そんな中で、王が僕に引き合わせたのがアレクシア姫だった。

「我が娘、アレクシアだ。魔王を討伐した暁には、おまえをアレクシアの婿とし、この国の次期国王とする」

初めて彼女を見たとき「綺麗《きれい》な子だ」と思った。

流れるような長い金髪に、宝石のような美しい青い目からは聡明《そうめい》さを感じる。十二歳とまだ幼さはあるが、マリアとは違う、凛《りん》とした美しさを持っていた。

「勇者様、魔王を倒し、世界をお救いください。わたしはあなた様のご帰還をお待ちしております」

彼女は精一杯の笑顔を作って、僕に言った。

無理をしているな、と思った。まだ十二歳の少女だ。いくらしきたりとはいえ、六つも年上の、好きでもない男を結婚相手にしたいなどとは思ってもいないだろう。彼女もまた本当の気持ちを押し殺して『王女』という役割を演じているのだ。

「王女様、約束します。僕は必ず魔王は倒します」

僕は彼女にだけ聞こえる声で言った。

「でも、ここには戻りません。だから、貴方《あなた》は好きな人と結婚してください」

僕は本物の勇者ではないから、王女と結婚するなんてことはできない。ましてや、王様になるなんて分不相応にも程がある。

それに、目の前のこの可愛《かわい》い子には、自分の未来のことは自分で決めてほしかった。そういう選択肢を与えたかった。

僕の言葉を聞いたアレクシア姫は、驚いたように、その大きな青い瞳をパチクリと見開いた。

彼女本来の表情を見ることができたみたいで嬉しかった。

こういう子の未来を守るためにも戦っている、そう思えば、たとえ偽の勇者だとしても前に進める。

※　※　※

城では歓待のパーティーを開いてもらったり、パーティー全員の絵を描いてもらったりして、幾日かもてなしを受けた。装備も実用的で良い物を支給してもらったが、剣だけは替えず、メンテナンスだけしてもらった。僕は最後までこの剣で戦い抜くつもりだったからだ。

城にいる間は、主にレオンと剣の特訓を積んだ。剣の腕は大分上達したとはいえ、まだまだレオンには及ばない。

攻撃魔法や回復魔法を細かく使うことで粘り強く戦い続け、何とか互角の戦いを演じることができる。

「おまえの戦い方は相変わらず泥臭いな」

レオンからはそう評されたが、彼に悪意はない。レオンも魔物と戦う以上、そういう戦い方が必要だとわかっているのだ。

ただ、体力と魔力を同時に消費するので、身体の消耗は激しい。特訓が終わると、僕は倒れるように訓練の間で寝ころんだ。

「俺は先に行くぞ」

対してレオンはまだ余裕があった。戦いとしては互角だったものの、彼の動きには無駄がなく、体力はまだ十分残っているのだ。

レオンが行った後、しばらく休んで体力の回復を待っている間に、近くに人がやってきた。

アレクシア姫だった。

「見ていたわよ」

彼女は初めて会ったときとは違って、ぞんざいな口調になっていた。

「レオンのほうが剣が上手いじゃない。わたしも剣術を習っているからわかるわ。あなたの戦い方は美しくないし、何と言うか……みっともないわ」

見た目通り、率直な王女様のようだ。思わず苦笑いが出る。

「えっと……困りました。王族に対して、ちゃんとした話し方がわからないものでして」

僕は礼儀作法には疎い。貴族などの偉い人たちへの対応は主にレオンやマリアに任せているので、さっぱりわからない。

「普通にしてていいわ。勇者にそんなことを期待していないもの」

彼女は礼節にそれほど頓着しない性格のようだ。ありがたいし、とても好感が持てる。

「僕はあんまり強くないんだよ。だから、みっともなくても泥臭くても勝つことだけを目指しているんだ」

「勇者なのに強くないの？　それでどうやって魔王に勝つわけ？」

僕を見下しているのではなく、あくまで好奇心から聞いているようだ。

「どうやって、って、色んな手を使ってかな？」

「例えば？」

「そうだね。例えば、魔王の城が燃えそうなら火をつけて、城ごと焼いちゃうとか」

「城に火を放つの⁉」

アレクシア姫は口を押さえて、「信じられない」という表情を浮かべた。

「油を使ったり、風の強さとか向きとか考えてね。そういうことができたら楽だよね」

「それって勇者のすることじゃないわ。卑怯《ひきよう》よ？　わたしも勇者って少し暗殺者に似てるって思ったことはあったけど、本当にそんなことをしようだなんて……」

アレクシア姫は少し困惑したようだ。

「僕は勇者といっても弱いからね。どんな手段を使ってでも魔王を倒すよ。だって、魔王を倒さないと、みんな困るだろう？　それだったら、毒が効くなら毒を使うし、こっちの味方になってくれるなら魔物とだって交渉する。たとえ何と言われようとも、僕はやり遂げなければならないんだ」

僕は勇者らしくないし、実際勇者ではない。だから、手段を選ばずに戦っていくつもりだ。

「あなたって見た目だけじゃなくて、中身も勇者らしくないのね。じゃあ、なんでそこまでするの？　だって、ここに戻ってこないってことは、王になりたいわけじゃないんでしょ？　一体何が目的？」

彼女は不思議なものを見るような目で僕を見つめた。

「僕の目的は魔王を倒すことだよ。その後のことは考えてない。魔王を倒せるなら命を捧げたっていい。……いや、本当はそうなったほうが良いのかもしれない」

僕が魔王を倒し、相打つ形で命を落とせば、アレスが勇者であることは誰も疑わなくなるはずだ。ひょっとしたら、それこそが僕の望む未来なのかもしれない。

「駄目よ」

アレクシア姫は怒りで顔を紅潮させて、僕に指をさした。

「アレス・シュミット。あなた、何考えているの？　勇者が魔王と相打ちになるなんて聞いたことないわ。そんな暗い勇者の冒険譚《ぼうけんたん》なんかありえない！　いい？　勇者は魔王を倒して、お城に戻ってくるまでが仕事よ」

何となくその言い方が十二歳の女の子らしくて、僕は思わず笑ってしまった。

「でも、僕が帰ってきたら、君は僕と結婚しなきゃいけなくなるんだよ？　そしたら困るんじゃないか？」

そう言いながらも、王城に戻って、この子が美しく成長した姿を見てみたいと思ってしまった。

「そっ、それは困るけど……大丈夫！　わたしが何とかするわ！　だから約束するのよ！　ちゃんと魔王を倒して生きて帰るって！　これは王女からの命令よ！」

ちょっと困った顔をしながらも、彼女は王族らしく僕に命令した。その姿がとてもかわいらしかった。

「わかったよ。約束しよう、僕は魔王を倒す。そして自分もちゃんと生き残ると」

僕はわざと『生きて帰る』というところを『生き残る』と言い換えた。

「だから、アレクシア姫もちゃんと好きな人と結婚するんだよ？　僕はみんなが幸せになるために戦いに行くんだから、せっかく魔王がいなくなったのに、君に望まない結婚とかしてほしくないんだ」

「……わかったわ。あなたが約束を守るなら、わたしもその約束を守る」

彼女は顔を逸《そ》らして表情を隠すと、そう約束した。

断章二

fragment 2

玉座の間で顔を合わせた勇者は、わたしの想像とはまったく異なる人物だった。

理想を掲げた崇高な騎士か、とにかく力のある粗野な冒険者みたいな人物を想像していたのだけれど、そのどちらでもなかった。

ごく普通の優しそうな人だったのだ。

(なんでこの人が勇者に?)

そう思っていたわたしに、彼は言った。

「王女様、約束します。僕は必ず魔王は倒します。

でも、ここには戻りません。だから、貴方は好きな人と結婚してください」と。

まったく何を言っているのか理解できなかった。

魔王を倒してもここに戻らないということは、何の見返りも要らないということだ。

じゃあ、この人は何のために戦うのだろう?

わたしは初めてアレス・シュミットという人間に興味を持った。

※　※　※

アレスが訓練所で模擬戦を行っていると聞いて、こっそり覗きに行った。

そこではアレスとレオンが戦っていた。

わたしも剣術を習っているから、ある程度はわかるつもりだけど、剣に関してはレオンが圧倒的だった。強く、速く、洗練された剣技。さすが剣聖である。剣を使う者ならかくありたいと思わせるものだった。

一方、アレスの剣技はレオンに全然及ばなかったが、何とか互角に戦っていた。魔法を併用していたということもあるけど、その剣の腕は決して悪いものではない。

ただ、才能は感じなかった。頑張れば誰でもそこまではできるようになるだろうと、そう思わせる程度のものだった。しかし、そんなアレスはいくらレオンに打ち込まれても、決して崩れることがなかった。派手さはないが、太い木の幹のような強さがある。そこには積み重ねた鍛錬を感じさせた。

粘り強いというか、往生際が悪いというか、「早く諦めてしまえばいいのに」とも思うのだけれど、わたしはいつの間にか彼を応援していた。

結局、その模擬戦は引き分けに終わった。

レオンはまだ余裕があったが、アレスは倒れるようにその場に寝ころんだ。

レオンが立ち去るのを確認した後、わたしはアレスに話しかけた。

「見ていたわよ」と。

※　※　※

アレスと話してみてわかったことは、彼は本当に魔王さえ倒せれば、それで良いと思っているということだった。王になることにも、わたしと結婚することにも興味がない。それどころか、自分の命すらどうでもいいと思っている。

（大丈夫かな？）

生きて帰ると約束はしてくれたものの、やっぱり不安があった。

それからアレスが城にいる間は、ちょくちょく様子を見に行くようになった。

で、見に行くたびに、彼は何らかの訓練をしていた。

レオンと剣の訓練、マリアと回復魔法の訓練、ソロンと攻撃魔法の訓練と、いつ休んでいるのか不安になるくらい、ずっと頑張っていた。

でも、その訓練を見ていた城の者たちは、剣の腕も魔法も大したことがないと噂《うわさ》する。

みんなアレスのことを軽く見ていた。

なんでだろう？　あんなに頑張れる人をわたしは他に見たことがない。

わたしだって、勉学、剣術、馬術と習ってきたけど、あそこまでは頑張れなかった。

それどころか「才能がある」って褒められるし、たくさん学んでいるから、ちょっとくらい手を抜いたっていいと思っていた。

でも、アレスはいつも全力だ。それは見ていればわかる。彼には嘘《うそ》がない。

大体、すごくないのに魔王を倒しに行くというのだから、それはすごいことのはずだ。

アレスがすごくないというのなら、自分たちが代わりに行けばいい。

「だったら、あなたたちが魔王を倒しに行きなさいよ！」

わたしはみんなにそう言いたかった。

でも言えない。わたしだってそんなことはできないからだ。

いくら剣聖、聖女、賢者が付いていても、魔王の国にたった四人で行くなんて怖くてできない。他の人にやってほしい。

わたしたちはみんな弱くて卑怯者《ひきょうもの》だ。自分たちは何もしないのに、勝手に期待して、勝手に失望して、勝手なことを言う。

だから、わたしだけはアレスのことを応援することにした。無事に生きて帰れるように祈りを捧《ささ》げることにした。

※　※　※

アレスたちが旅立つ日がやってきた。

朝早く、ひっそりと彼らは城を出て行った。盛大に見送ると魔人たちに気付かれるかもしれないというのが理由だ。ロゾロフ大森林で魔人に襲われたこともあって、アレスが静かな出発を望んだようだ。

「臆病な勇者もいたものだ」と誰かが言った。

臆病で何が悪い。勇敢な者が勇者になれるのであれば、魔王はとっくに倒されているはずだ。それに本当に臆病なのは、人に任せて自分では何もしないわたしたちではないか。

わたしは馬に乗った。

「ちょっと遠出してくる」

と侍従たちに言って、返事を待たずに馬を走らせた。

王都をちょっと出たところで、彼らが乗る馬車に追いついた。

わたしの姿を認めた御者は驚いて馬車を止めた。何事かとアレスたちが外へ出る。

「アレクシア姫……」

アレスが驚いた顔をしていた。レオンとソロンは興味深げな表情をしている。マリアだけは迷惑そうにしていた。まあ、旅立ちを止めたのだから仕方ない。

「死なないでね！　魔王なんか倒さなくてもいいから！」

つい口から出た言葉は、とても勇者にかけるものではなかった。

「ありがとう、アレクシア姫」

でも、アレスはとても嬉しそうな顔をしていた。

「何だかとても安心したよ。そう思ってくれている人がひとりでもいるってことにね」

そう言って、彼は馬車に戻った。レオンたちもそれに続く。

やがて馬車はまた走り出して、アレスは馬車の中から見えなくなるまで手を振ってくれた。わたしも馬車が見えなくなるまで手を振り続けた。

城に戻った後、わたしはこっぴどく叱られた。

※　※　※

アレスたちが旅立ってから、しばらくはその動向が伝わってきた。

順調に魔王領に向かっているみたいで、その活躍は他の国でも称賛されていた。

でも、彼らが旅を進めれば進めるほど、情報は入ってこなくなり、ある時から何の情報も入ってこなくなった。

無事なのか、そうでないのかすらわからない。

情報収集と支援も兼ねて、人を送るべきじゃないのかと思うのだけれど、

「預言者が導いた勇者なのだから大丈夫だ」

と皆は言う。

随分、自分勝手な理屈だ。失敗したら預言者のせいにすればいいのだろうか？

わたしたちだってできることはやるべきじゃないだろうか？

彼らは一体誰のために戦っているのだろうか？


この間にわたしは十五歳を迎え、ファルム学院に入った。

戦士クラスに入り、同時に魔法使いと僧侶の講義も受けた。

「王女様が勇者の真似事《まね》を」「変わったことをなされる王女様だ」「王女様はご乱心か？」

などと言われたが、わたしができることといえば、これくらいだ。

アレスと同じことをして、彼が道半ばで倒れた時に、わたしが代わりとなる。

人に期待するだけの卑怯者にはなりたくなかった。わたしはこの国の王族だ。本当はわ

たしたちが勇者とならなければならないのだ。

でも、剣と魔法を同時に学ぶのは想像以上に難しかった。

わたしに魔法の才能はなかったらしく、攻撃魔法も回復魔法もまったく成功しなかった。

噂によるとアレスも一年以上成功しなかったらしい。

しかし、これはつらい。できるかできないかわからないことを続けることは、想像以上につらかった。

そうしてわたしが二年生になった夏、アレスたちが魔王討伐に成功したという話が世界中を駆け巡った。

皆が口々にアレスたちのことを褒め称《たた》えた。

「わたしは信じていた」「やってくれると思っていた」「勇者様万歳！」と。

信じていたのは本当だろう。でも、それは彼らのためではなく、自分たちのためにだ。

わたしはもちろん喜んだ。涙を流して喜んだ。アレスはようやく報われたのだと。

※　※　※

しかし、その帰途、アレスが死んだという報が入った。待ち構えていた魔人に襲われて、相討ちになって死んだと。

すると今度はその死を悼みつつも、少しホッとした雰囲気が王国に流れた。身分が高くなればなるほど、その傾向は強かった。中にはあからさまにわたしに

「良かったですね、王女様」

と声をかける者もいた。

何が良かった、だ。恥を知れ。

でもわたしは知っている。アレスが最初から帰ってくる気がなかったことを。

彼はわたしとの約束を守って生きているに違いない。

それは帰ってきたレオンたちの顔を見て、確信に変わった。彼らはそれほど悲しんでいない。アレスたちはこの城に滞在していたとき、間違いなく仲間だった。アレスが本当に死んでいたら、レオンたちはあんな落ち着いた顔をしないはずだ。

まったく、わたしも舐《な》められたものだ。

わたしはこの国の王女アレクシア。それなりに偉いのだ。

※　※　※

学院を卒業し、公務を二年ほど勤めた後、わたしは亡き勇者を讃《たた》えるべく、その偉業を文献に編纂《へんさん》する事業を立ち上げた。父上は難色を示したが、国内も落ち着きを取り戻した

し、それくらいはやって当然のことだと押し切った。
もちろん、陣頭指揮をとるのはわたしだ。
必ず捜し出してみせる。
あのときの約束を果たしてもらうために。

預言者の章

「シェラのことは解決したけど、ザックの居場所はわからないままよ？」

転移魔法で再びソロンの邸宅に戻ってきたわたしたちは、部屋で向き合っていた。

「恐らく、この国にあいつの居場所を知っている人間がひとりだけいる」

ソロンは弟子に持ってこさせたお茶に口をつけた。

「誰？　わたしは勇者に関わった人たちのほとんどに聞き取りをしたけど、そもそも勇者のパーティーメンバーであったあなたたち以上に、親しかった人なんていなかったと思うけど」

「……預言者だ。おそらく、預言者がザックの行き先を知っている」

ソロンの答えを聞いて、わたしは肩透かしを食らった気分になった。預言者といえば、正体不明の謎の人物である。超常的な存在であり、ある意味、ザック以上にその居場所を捜すのは難しい。

「預言者がどこにいるのか捜すほうが大変なんじゃない？」

「いや、預言者の正体については見当がついている」

ソロンはお茶を飲みながら答えた。

「正体？　それってどういうこと？」

「これは俺たちが魔王を倒した後に調べてわかったことだが」

飲んでいたお茶のカップをテーブルに置くと、もったいをつけるようにソロンは話し始めた。

「預言者は恐らく人間側の魔王にあたる人物だ」

「人間側の魔王？　……どういう意味？」

わたしは彼の言っていることがまったく腑《ふ》に落ちなかった。

「魔王とは魔物を統べる王にして、邪神にもっとも近い眷属《けんぞく》にあたる。まあ、邪神とはいっても、それは人間側から見ればそうなるだけで、向こうから見れば、こちらの神こそが邪神になるわけだが」

「神が邪神になる？　ソロン、あなた、王族を前に大変なことを言っているわよ？」

この国の王族は神殿との結びつきが深い。下手なことを言えば、大賢者といえども弾劾されてもおかしくない。もちろん、わたしはそんなことをするつもりはないが。

「問題ない。要は正邪という概念は、見る側の立ち位置によって変わるというだけの話だ。俺たちは魔王を倒すために長い旅に出たが、魔物側にも信念や正義という物が存在する。

結局のところ、人と魔物の戦いというのは、それぞれが信奉する神の代理戦争的な側面がある。俺たちはそのことを旅の途中で何度も思い知らされた」

「…………」

ソロンの話している内容は、すぐには同意しかねる内容だったが、国から一歩も外に出なかったわたしが、外に出て戦い続けてきた彼の話を否定することはできない。

「そこで聡明《そうめい》な俺は思ったわけだ。『魔物側に魔王がいるなら、人間側にも魔王にあたる存在がいるはずだ』と」

「それが預言者というわけ？」

「そうだ。直接的に魔王を倒しているのは勇者なのだから、そういう存在としては勇者がもっとも疑わしいが、そうでないことは俺たちがよく知っている。であれば、勇者を見いだしている預言者がもっとも疑わしい」

「何となく言いたいことはわかったけど、魔王はあんなに強力なのに、勇者は……ザックにはそんな力はなかったわ。預言者だって、勇者の存在を予言するだけで何もしていないし、何だかバランスが悪い気もするけど」

魔物は強いが、人は弱い。それなら神は人にもっと力を与えてくれてもいいはずだ。

「単に神としての権能が異なるのだろう。なんだかんだ言っても、結局はこの世界のほとんどを人が支配している。魔物より力で劣る人が、だ。魔王はその状況を一時的に覆すものの、それが長期的なものになることはない」

言われてみれば、その通りだ。魔王が世界のすべてを手に入れたことなど、ただの一度もない。あんなに強いはずの魔王が。

「強い力はもっていないが、そういう意味では預言者の果たす役割は大きいわけだ。具体的に何をしているのかまでは、さすがの俺でもわからんがな」

「じゃあ預言者は神に近い人物ってわけ？　それなら……マリア？　聖女と呼ばれているくらいだし、もっとも神の存在を感じているはずだわ」

聖女と呼ばれる割には少し黒いものを感じるマリアなら、預言者と言われても納得できる。

「いや違う。あいつは単に回復魔法に優れているだけだ。そこらの僧侶とは次元が違う力の持ち主ではあるが、だからといって神に近しいかといえば、そうではない。個人的には邪神のほうに親和性が高いとさえ思えるようなヤツだ」

ソロンはマリアとは子供の頃からの付き合いらしいが、かなり辛辣な評価をしているようだ。

「それに預言者の活動期間は千年を超える。一個人で継続的に担える役割ではない。もうひとつ。あまり認識されていないが、この国には神が二種類存在する。マリアたちが仕える世界的に信徒の多い大神と、土着の神だ。このふたつの神は、民衆の間では同一だと思われているが実際には違う。まるで土着の神の存在を隠すかのように、わざと大神と同じように扱わせている節がある。そして、この国にいるだろう？　その土着の神にずっと仕えてきた一族が」

そう言うとソロンはじっとわたしを見た。

「えっ？　まさか、わたし？　あなたは王族が預言者だというの？」

まさか王族が疑われているとは、想像だにしていなかった。

「そうだ。この国の王族は元々土着の神に仕える巫女《みこ》にルーツを持ち、不自然なくらい女系が続いている。そして巫女の役割は必ず次代の王女に引き継がれ、途切れることなく神殿で祈りを捧げている。ということは、恐らく今代の預言者は今の王妃なのだろう」

「そんなわけないわ！　お母様はお優しい人よ？　預言者なんて怪しいことなんかやるはずがない！」

わたしは記憶の中のお母様を思い出した。子供のわたしから見ても、綺麗で優しくて素敵な女性だった。

「そのお母様とは何年会っていない？」

ソロンはわたしの反論を無視した。

「……王太后であった祖母が亡くなって、巫女の役割を引き継いだときからだから、十年以上会っていないわ。巫女になると、人との接触が厳しく制限されることは、あなたも知っているでしょう？」

「知っている。だが、巫女が神殿で何をしているかは知らない。神に祈りを捧げていると言われているが、具体的には何をしているんだ？　神に祈りを捧げたからといって、それが何になる？」

返答に詰まる。お母様が亡くなれば、次の巫女となるのはわたしだが、具体的に何をするのかまでは聞かされていない。

「知らないか、やはりな」

ソロンはわたしの表情を見て、何も知らないことを読み取ったらしい。

「この国の神殿は神域だ。立ち入りが厳しく制限され、王族であっても容易に入ることはできない。恐らく情報が徹底的に制限されているのだろう。次代の巫女たる王女にすら、神殿に入るまで何も教えてないのが、その証拠だ。それほどまでに秘匿しなければならないことは何だ？　預言者がこの国にしか現れず、この国にしか勇者が出現しないのは何故《なぜ》だ？　それらを考察していけば、王族、いや王妃の一族が預言者であることは想像できる」

「そ……んな……」

容易には否定できない。わたし自身、否定できる何かを持ち合わせていない。そして、論じている相手が大賢者だけに、この話を妄想だと切って捨てることもできなかった。

「はっきり言おう。あんたが王女だからこそ、勇者がザックであることを示唆した。王女ならば、神殿に入り、ザックの居場所を聞き出せると思ったからだ」

彼は最初からわたしを利用しようと考えていたようだ。だが、わたしもザックを捜すためにソロンを利用していると思えば、お互い様だった。

「……なぜ預言者ならザックの居場所を知っていると思うの？」

「預言者と勇者の間には何かしらの繋《つな》がりがあるはずだ。何かあるからこそ、勇者として見いだしているからだ。実際、今までの勇者は王女と結婚し、この国の王になっている。今回のケースだけが例外なんだ」

反論しようにも何を言ったらいいのかわからなかった。

「わたしに何をしろと？」

「王妃に会いに神殿に行ってほしい。それ以上、望むことはない」

※　※　※

神殿は王城の地下にあった。

城の地下に神殿を作ったのではなく、神殿があった場所に城を作ったというのが正しいらしい。

まるで神殿を守るように、もしくはその存在を隠匿するように。

神殿へと続く階段を下りる。大理石で作った白い床や壁が、松明《たいまつ》のほのかな明かりで照らされて、ゆらめいて見えた。

あまりに無機質で整然とできすぎていて、人が立ち入るのを拒んでいるように感じる。

底がない深い穴に下りていくような錯覚に陥り始めたとき、ようやく神殿へと続く扉が見えた。

その扉の前に、真っ白い装束に身を包み、顔をヴェールで覆った神官がふたりいた。

神殿に入ることができるのは女性だけなので、ふたりとも女官なのだが、腰には剣を差している。

存在が不確かな亡霊のように見えて、正直、不気味だ。

彼女たちもまた代々神殿の巫女に使える一族で、王家ではなく、巫女の一族に絶対的な忠誠を誓っていた。

厳しい訓練を受けており、その剣技は騎士をも凌《しの》ぐと言われている。

「お母様に……巫女に取り次いでちょうだい。アレクシアが来たと伝えて」

わたしが来ても微動だにしない神官たちに向かって言った。

すると神官たちは左右に広がるように動き、扉が勝手にゆっくりと開き始めた。

「巫女様より伺っております。中へお入りください」

どちらが言ったのかわからなかった。いや、ふたり同時にしゃべったのかもしれない。

予想に反して、彼女たちはわたしを阻むつもりはないようだ。どうやら、わたしがここに来ることを事前に知っていたらしい。

扉の先にはさらに長い廊下があり、そこを抜けて、もうひとつ扉を開けると、洞窟を利用した広大な空間が広がり、地下とは思えないような光にわたしは包まれた。

真っ先に目につくのは巨大な女神像。まるで生きているかのように精巧にできている。

その女神像の祭壇の前に、白い衣に身を包んだ、彫像のように生気のない人間が立っていた。

「お母様……」

喘《あえ》ぐような声が出た。その姿は自分の記憶と重なっているものの、誰からも愛される華やかだった表情は抜け落ちて、深い虚無を感じさせる。

「アレクシア、あなたがここに来た理由はわかっています。ソロンに唆されたということも」

わたしを見る目は冷たく、言葉に温かみを感じられない。

「ソロンのことを知っているのですか？」

こんな外界と隔離されたような場所にいて、何故わたしがソロンと接触したことを知っているのだろうか？

「よく知っています。あの子は少し賢すぎて、扱いに困るところがありました」

「あの子？　お母様はソロンと親しかったのですか？」

ソロンは幼いころから神童として名高い人間だが、王家とはそれほど関わっていないはずだ。

「あなたはソロンに何を言われて、ここに来ましたか？」

母はそれには答えず、質問で返してきた。

「……お母様が預言者であると」

「それは事実です」

あっさりと、顔色ひとつ変えずに、そのことを認めた。

「えっ？」

「わたしが預言者であり、この国の神にもっとも近い眷属《けんぞく》の一族。そしてあなたもそのひとりです」

立《た》ち眩《くら》みのような感覚を覚える。覚悟していたとはいえ、改めてそう言われるとショックを受ける。

「……なぜ？」

そう返すのがやっとだった。

「これが我が一族の宿命であり、逃れられない運命です。いっそ神の呪いとも言えるでしょう」

母はそっと背後の女神像に目をやった。

「ソロンはどうやって預言者が勇者を導くと言っていましたか？」

「方法についてはわからないと……」

「そうでしょうね。あのときも、ソロンはそこまではわからなかった。……いいでしょう。後継者たるあなたに一族の秘を教えましょう」

母は口元に酷薄な笑みを浮かべた。自分自身すら嘲るような笑みを。

「わたしは死ぬことができません」

「えっ？」

何を言っているのか、すぐに理解できなかった。

「わたしの死と同時に世界は終わり、わたしの死の原因を取り除くことが可能な時まで、時間は巻き戻されます」

「それはどういう……」

「あなたはわたしがソロンと親しかったのか、と聞きましたね。ソロンもかつてはわたしが導いた勇者のひとりでした。その知恵と魔力は当代随一で、ザックを除けば、もっとも魔王に迫った勇者でした。彼が預言者の正体を見破ったのもそのときです。もっともソロンはそのことを覚えてなど、いえ、今となっては最初からそんなことはなかったことになっていますがね」

そのときのことを回顧するように、母は目を閉じて言った。その表情に憂いを感じたのは、わたしの気のせいだろうか？

「ソロンだけではありません。レオンもマリアも勇者として導き、道半ばで倒れました。ソロンたちは確かに優れた資質を持った人間でしたが、己を頼りに、他人を軽視するところがあり、それゆえに勇者足り得なかった。他にも何人もの勇者候補がいましたが、誰もうまくいきませんでした。

わたしには……預言者には勇者が誰であるかなどわかりません。魔王を倒すことができる人間が見つかるまで、永劫《えいごう》の時を繰り返しているだけです」

声が出なかった。理解できても頭が理解することを拒絶していた。

それなら、母は、一体何度、時を繰り返したというのか？

「ひとりの勇者を導き、結末が出るまで十年近くの歳月が必要となります。わたしはその歳月を百以上繰り返しました」

「それでは千年以上も……」

想像を絶するような長い月日だった。人はそんな時を過ごせるものだろうか？

「ええ、千年を超える旅路の果てに見つけたのがザックです。ただ、最初に導こうとしたのはアレスのほうでした。遠方の村に優れた少年がいると知り、わずかな希望をもってアレスを導きました。アレスは素晴らしい才能を持った少年であり、わたしは期待しましたが、王都にも辿《たど》り着《つ》けずに終わりました。すぐに自害し、やり直すことを考えましたが、何故かアレスと共にいたザックが気になったのです」

「……自害？」

それは聞き捨てならない言葉だった。

「百以上の生を繰り返せば、自分の死など取るに足らないことです。わたしの最初の死は、魔物によるものでした。あのときは王城が魔王軍に攻め落とされ、城内の人間は皆殺しになりました。あの惨劇を繰り返すなら、自害を選ぶことに躊躇《ちゅうちょ》はありません」

ならば、千年もの間、何度も自分の命を絶ってきたということなのか。それではあまりにも……。

「哀れに思っているのですか、アレクシア？　しかしもう終わったことなのです。何の才能もなかった、何の期待もしていなかった少年が、この長きに渡る旅を終わらせてくれました。彼の魔王を倒すという想《おも》いはわたしが見てきた人々の中で誰よりも強く、彼はどんな屈辱にも困難にも耐えうる不屈の精神を持っていました。まさに勇者の名にふさわしい人物といえるでしょう」

勇者は預言者が長い時間をかけて探し出した人間だったのだ。そこに運命や奇跡はなく、結果的に魔王を倒した人間がその名を冠することになる。わたしはしばし呆然《ぼうぜん》としたが、ひとつ気になったことがあった。それはある可能性の話だった。

「……お母様、その……アレスが生きたまま、ザックが、いえザックとアレスが力を合わせて魔王を倒すこともできたのではないでしょうか？　わたしはタリズ村でアレスの母のシェラと会ってきました。彼女はアレスを亡くしたことに深い悲しみを覚えていました。彼女はザックの育ての親にもあたります。わたしはあまりにも彼女が不憫《ふびん》で……」

聞く限り、アレスは優れた才能を持った人物であった。であれば、アレスを生かしたまま、ザックと共に魔王を倒すという選択肢も取り得たのではないだろうか？

「ザックの強さは、アレスやその母であるシェラを想う悲壮な覚悟があればこそです。それなくして、魔王の討伐はあり得なかったでしょう。ザックが魔王を倒したのは偉業ですが、それは細い針の穴を通すような、僅かな可能性の積み重ねでした。もう一度再現できる保証はありません。それにアレクシア。あなたはその可能性を試すために、母に死ねというのですか？」

……そういうことになってしまう。確かにそこまで母に求めるのは酷というものなのかもしれない。

「わたしは数えきれないほどの悲劇と惨劇を目の当《まあ》たりにしてきました。それを考えれば、シェラの悲しみなどよくある悲劇のひとつにすぎません」

「しかし、お母様、アレスを選んだのは、お母様ではありませんか？　アレスもザックも勇者になりたかったわけではありませんでした。シェラも望んでいませんでした」

「そのことは認めましょう。わたしが手を下したわけではありませんが、わたしが選び、見殺しにしたのも事実。そうです。

わたしが勇者アレスを殺しました」

自分の非を認めつつも、母はそのことに何の感慨も抱いている様子はなかった。わたしが知っている母はそのような人ではなかったはずなのに。

「ですがアレクシア、わたしとて預言者になりたかったわけではありません。わたしが繰り返される時間の中で何を思ったかわかりますか？」

「王族として生まれたくなかった、ですか？」

それはわたし自身、時折思っていたことだった。

「『何故《なぜ》、わたしの代なのか？』です。魔王の侵攻が何故わたしの代で発生したのか、そのことを何度も何度も恨み、呪いました。これがわたしの母の代であってくれれば、わたしの子の代であってくれれば、と。何故わたしだけがこんなに苦しまなければならないのか？　魔王は今後百年は誕生しないでしょう。あなたはこんなことを経験せずに人生を終わるのです。はっきり言いましょう。わたしにはあなたが妬ましい。巫女の家系に生まれながら、あなたはその力をほとんど使わずに終わるのですから」

「そんな……」

理不尽だ、と思いながらも、母の気持ちがまったく理解できないわけではなかった。あんなに優しかった人がこんな冷たい顔に変貌するほど、千年の旅は辛く険しいものだったのだろう。他の人間に押し付けたくなるほどに。

「理解しましたか？　わたしはあなたの顔を見るのも不愉快なのです。あなたがここへ来た理由はわかっています。ザックの居場所を知りたいのでしょう？　彼は父親の出身地である旧マリカ国のレティンの村にいます。会いたければ、そこへ行くといいでしょう」

マリカ国は魔王領の近くにあった国で、魔王の侵略で真っ先に滅んだ国だった。ザックの両親が命を落とした場所でもある。

「話は終わりです。わたしが生きている間はあなたの神殿への立ち入りを禁じます。早くこの場所から去りなさい」

言い終わると、母は目を閉じた。もう話すことは何もないと言わんばかりに。

わたしは自分がそんなにも憎まれているとは思わず、悲しみで俯《うつむ》き、扉へと向かいかけた。しかし、思い直してもう一度母のほうを向いた。

「お母様！」

わたしの呼びかけに、母は一切の反応を示さない。

「ありがとうございました！　お母様のおかげで世界は救われました！　わたしはたとえ憎まれていようとも、お母様のことを誇りに思います！　そんな強いお母様の娘として生まれて良かったと思います！」

知らず涙がこぼれ落ちる。

滲《にじ》む視界の中で、母の表情が微かに動いたように見えたのは、わたしの願望だろうか？

「わたしはお母様のことを愛しています！　きっとわたしが死ぬまで愛しています！　そのことだけはどうか覚えておいて頂けないでしょうか？」

わたしは母に向かって大きく礼をした後、後ろ髪を引かれる思いで、その場を後にした。

断章

fragment

城が燃えている。幾度となく見た光景だった。今回もまた失敗に終わった。

わたしはそれを幻影を通して、地下神殿で見ていた。

たくさんの人が死んだ。次こそは救ってみせる。そう何度も誓ったのだが、その誓いはいとも簡単に崩れ去ってしまう。今では虚《むな》しさだけが募る。

(何故、わたしはこんなにも無力なのだろうか?)

これも幾度となく自分に問いかけた言葉だ。

わたしが強くあれば、人に任せることなく、自分自身で魔王を倒しに行けたかもしれない。だが女の身で、しかもこの年齢から身体を鍛えたところで、たかが知れている。

実際に剣を手に取ってみたこともあったが、その重さに満足に振るうことすらできなかった。そもそも、わたしはあまり身体が強いほうではない。

……わかっている。それも言い訳だということが。

娘のアレクシアのように剣術や馬術を嗜《たしな》む活発な人間であれば、もっと違ったのではないかと自己嫌悪に陥る。

悲しいことに魔法の素養もない。別の神の眷属《けんぞく》であるため、大神の恩寵《おんちょう》である回復魔法は使うことができない。

何故、我が女神は自分の眷属をこのようにか弱くされたのか。わたしは恨みがましい目で、女神の像を見上げた。

扉の向こうで轟音《ごうおん》が鳴り響いた。魔王が迫っているのだろう。破滅の時は近い。

わたしは用意した毒酒を飲み干し、この失敗した世界に別れを告げた。

※　※　※

目を覚ますと、傍には幼いアレクシアがいた。

その小さな身体をギュッと抱きしめる。

「もう八歳なのですから、恥ずかしいです」

そうアレクシアは言うのだが、それでも小さな手で優しく抱き返してくれた。

この子への愛《いと》しさを糧に、わたしはいつも世界のやり直しを始める。そうでなければ、とっくに世界のことなど諦めていただろう。

けれども、わたしができることは誰かに寄生することだけだ。

預言者とは、選んだ相手に自らの幻影を影法師のように張り付かせ、その行く末を見守るだけの存在。

偽りの姿を見せることはできる。言葉を伝えることもできる。でも、わたしが実際に戦うことはない。

もちろん、今までに得た知識は提供している。未来の情報、魔物たちの弱点、比較的安全な道、必要な物資等、まったく役に立たないわけではないが、命を懸けて戦う彼らに比べれば何もしていないに等しい。

しかも当然の話だが、わたしが指名すればその人物が必ず勇者になってくれるわけではない。断る人間だって当然いる。

「そんなことはしたくない。迷惑だ」と。

わたしにはそれを責めることはできない。やりたくないのは当然だ。

わたしが導いてきた勇者たちは、いずれも非業の死を遂げている。勇者になったからといって彼らが何かの力を得るわけではない。

『預言者』という虚像を使って、『勇者』という名誉を与えることで、彼らに『魔王を倒す』という宿命を無理矢理《むりやり》与えているだけにすぎない。

この忌まわしい力が最初に発動したのは、魔王軍がこの城を攻め落とし、魔王自らが結界を破って神殿へやってきたときだった。

魔王は目の前でアレクシアの命を奪ってから、わたしを殺した。

迫りくる自分の死よりも、アレクシアが死んだことに激しい衝撃を受けたことを覚えている。

次に目を覚ましたときは、十年も前の世界に戻っていた。わたしは傍にいた幼いアレクシアを抱きしめて号泣した。アレクシアは何が起こったのかわからずキョトンとしていたが、小さな手で優しくわたしのことを抱き返してくれた。

もう二度とこの子を死なせない、と心に誓った。

自分の身に起こったことは理解していた。母から巫女《みこ》の役割を引き継いだ時に、力と共に歴代の巫女たちの記録も受け継いだのだ。

『世界編纂《せかいへんさん》』

この国の神が自らの眷属である巫女の一族を永らえさせるために、そして魔王に対抗させるために与えた、世界を改変する強力な能力。

巫女は寿命以外で死ぬことはなく、他の要因で死んだときにのみ能力が発動する。

そして時間は、その死の原因を取り除くことができる時点まで勝手に戻される。神のみぞ知る、といったところか。

魔王との戦いだけでなく、様々な場面でこの力は使われてきた。

家臣の反乱、配偶者である王の裏切り、暗殺など、平時であっても発動した事例は多い。

ただ、それらは何度も『世界編纂』を要するようなものではなかった。

魔王との戦いにおいてのみ、何度も何度も繰り返すことになる。

一番初めの『世界編纂』で行ったことは、魔王軍に対抗する連合軍の結成だった。勇者という個人に頼るより、国を動かしたほうが魔王を倒せると考えたからだ。

夫である国王を説得し、周辺各国も説き伏せ、早い段階から魔王軍に対する備えを行っていった。侵攻ルートや攻撃パターンも一度目の経験で知っていたので、万全の防衛態勢を整えることができた。

そのおかげもあって連合軍は善戦し、魔王軍を撃退することに成功した。

だが、何度撃退しても魔王軍はすぐに攻めてきた。活性化した魔物たちを傘下に収めることで、戦力を補強し、間断なく攻撃を繰り返してきたのだ。そのうちに連合軍は疲弊し、前線となっていた国が倒れると、連合軍はあっという間に崩壊し、二度目の死が訪れた。

二度目の『世界編纂』では、連合軍で攻勢に出ることを考えた。守るだけでは埒《らち》が明かず、敵の本拠地を叩《たた》く必要性を痛感させられたのだ。

だが、これは政治的に上手《うま》くいかなかった。遠く離れた魔王領へ遠征するには莫大《ばくだい》な予算が必要となる。勝ったとしても領土的、金銭的メリットがほとんどない。しかも、まだ魔王軍は直接的な脅威ではなかったのだ。遠征案は頓挫し、そのうちに魔王軍の侵略を許すことになった。

王国に侵攻する魔王軍を見て、わたしは毒を仰いだ。

結局、三度目以降の『世界編纂』では、伝統通り勇者を探すことになった。国が動かないのであれば、少数精鋭で魔王を倒すほかない。幸いなことに若い世代には優秀な人材が多く、剣聖レオン、聖女マリア、賢者ソロンに大きな期待を寄せた。

特にレオンは家柄、実力共に申し分なく、勇者候補の筆頭だった。

しかし、実際に魔王領へ送ってみると、なまじ高貴な家柄で育ったせいで冒険者のような旅に馴染《なじ》めず、魔人たちの搦《から》め手《て》からの攻撃――守るはずの人間から裏切られる、といったような――にもうまく対応できなかった。

結局、彼は旅を始めて三月ほどで命を落とすことになる。

次の候補はマリアだった。僧侶を勇者にすることに多少の躊躇《ちゅうちょ》はあったが、彼女は良い意味で性格が悪く、人心掌握にも長《た》けていた。

マリアは期待通り順調に旅を進めた。仲間をうまく使い、魔人の攻撃に対処するどころかその裏をかくことすらできた。しかし、彼女のパーティーは仲間同士が心から信じ合うことができず、徐々に綻びを見せる。そして、強力な魔人と相対した時にパーティーが破綻し、彼女は一年ほどで命を落とすことになった。

三人目の候補がソロンだった。彼は性格に難があり、レオンやマリアと比べると成功する可能性が低いと考えていたが、魔力と知略に優れていた。彼にわたしが今までの経験から得た情報を与えると、それを十分に活《い》かして魔王領奥深くまで侵入し、何と魔王と対峙《たいじ》するところまで迫ることができた。

だが、魔王との力の開きは圧倒的で、最後は絶望の中で死んでいった。

その後は、同じ人間を導いてより良い結果を得ようとしたこともあれば、まったく別の人間を導くこともあった。レオン、マリア、ソロンを同じパーティーにしたこともあったが、お互いに反目し合うばかりで、あまりいい結果は出なかった。

こうした試行錯誤を何度も繰り返していくうちに、わたしの精神は摩耗していった。人の死を何とも思わなくなり、自分自身の死も簡単に受け入れるようになった。

「どうせ、やり直しがきくのだから」と。

これまでの勇者たちは王都の人間ばかりだったが、それではうまくいかず、今は地方の人材に目を向けていた。

今回の候補はアレスという少年である。

前回の『世界編纂』で彼のことを耳にした。タリズ村という辺境の村に、剣と魔法に優れた青年がいるという噂《うわさ》だ。その村の人たちは彼の活躍によって、魔王軍から逃げ延びることができたという。かなり有望だと思われた。

わたしは預言者の幻影をタリズ村に向かわせることにした。幻影は対象の人間の影法師となって移動させることができる。わたしはその幻影を人から人へと移してゆき、最終的に勇者となる人物の影法師にしていた。

ただ、困ったことにタリズ村へ向かう人間がまったくいなかった。直接向かう街道が魔物の出没によってかなり危険な状態になっていたからだ。とはいえ、今回はアレスに賭けると決めていたわたしは、預言者の幻影を解き放った。

※　※　※

結局、タリズ村にたどり着くまでに一年近くの時間を要してしまった。かなりの遠回りをし、最後は行商人の影法師となることで、ようやく到着することができたのだ。

現在のアレスの年齢は恐らく十代半ばくらいだろうか。栗毛色《くりげいろ》の髪に茶色い瞳。その年齢の割にはよく鍛えられた身体つきをしている。いかにも利発そうな顔をしており、他の村人とは明らかに違う雰囲気を纏《まと》っていた。

わたしは早速、彼のことを観察した。

家の仕事を手伝いながらも、朝晩と剣の稽古に励み、雨が降れば魔導書を読み、定期的に教会の神父と会って、神の奇跡について学んでいた。周囲との関係性も良い。

理想的な人物と言えた。

剣の実力はレオンに及ばず、もちろん、魔法はマリアやソロンと比べるまでもないのだが、その知性的で柔軟な精神性は、魔王討伐において、もっとも必要な要素だとわたしは考えていたからだ。

わたしはアレスを勇者にすることを決めた。

勇者にすることによる直接的な効果はないが、本人が自覚し、周囲が期待することで、より一層鍛錬に励んだり、金銭や装備が集まりやすくなるという間接的な効果はあった。

わたしは村人たちが集まる集会で、幻影を実体化させて告げた。

「この村から魔王を倒す勇者が現れる」と。

村人たちは歓喜した。やはりアレスは勇者だったのだと。そして皆が一斉に彼のことを見た。だが、彼は……青ざめていた。

（ああ、この子は本当に賢い子だ）

わたしは自分の胸に痛みを感じた。

アレスは勇者というものの本質を理解していたのだ。その辛く困難な役回りを。

しかし、その隣にいたアレスの従兄弟のザックが、わたしのほうをまっすぐ見つめていた。まるで自分こそが勇者だと言わんばかりに。

正直に言うと、ザックは大した子ではない。いつもアレスと行動を共にし、剣の稽古の相手や、共に魔術の勉強などをしているのだが、どれもアレスに及ばないのだ。

勇者になりようがない子だった。ただ、その目は強く印象に残った。

アレスもザックに視線を向けた後は落ち着きを取り戻し、村人からの祝福を静かに受け入れていた。

彼は家に戻った後、両親と相談をし、王都へ向かう決断をした。それはわたしの望んでいた通りの展開だった。王都で更なる研鑽《けんさん》を積んで実力を高め、仲間を集めてパーティーを組む。すべては魔王討伐に必要なことだ。

けれど、勇者になった後、夜眠れずに剣を振るうアレスの姿には悲壮なものを感じた。

アレスの母であるシェラが息子を想って泣いている姿は、同じ母親として痛いほどその気持ちがわかった。たとえそれがわたしが招いたことだとしても。

準備が整った後、アレスはザックを供として旅立った。

そして……その道中で命を落とした。魔人が待ち構えているなど、わたしも全く予期していなかったことだった。

あまりに早い死だった。

「今回も無駄に終わった」

わたしはすぐに死ぬことを考えた。アレスには見込みがある。死んでしまったとはいえ、あの若さで魔人と対等に戦える者などそうはいない。今回の悲劇を回避すれば、まだ期待が持てるのではないかと思った。

ところが、わたしは何故《なぜ》だかアレスと共に旅をしていたザックが気になった。何の才能も能力もない少年のことが。

わたしは幻影をザックに移し、彼の行く末を見守ることにした。

※　※　※

ザックはアレスの名を騙《かた》って、ファルム学院に入り、勇者になるための努力を積み重ねた。どんなに結果が出なくても、どんなに努力が無駄になっても進み続ける彼の姿に、わたしは自分の姿を重ねた。

レオンに太刀打ちできなくとも黙々と剣を振るった。マリアに理不尽な試練を与えられながらも神の奇跡に目覚めた。ソロンと共に行った長い特訓の末に魔法を取得した。

どれも一流とは程遠いものだったが、ザックは小さな奇跡を積み重ねた。

そして、気づけば彼が勇者になっていた。わたしが導いたわけではない。彼は自分の力でその称号を勝ち取ったのだ。

他のどの勇者よりも弱く、みっともない、泥にまみれた勇者が。

※　※　※

ザックはレオン、マリア、ソロンとパーティーを組み、魔王討伐の旅に出た。

そして、パーティーをうまく調和させた。彼らを上手く使おうとしたのではなく、個々の良いところを引き出そうとしたのだ。

わたしも事あるごとに自分の知っている情報をザックに与え、彼は数多《あまた》の苦難と試練を乗り越えていった。

「ザックなら魔王を倒せるのではないか？」

わたしの中で彼への期待が高まった。しかし同時にひとつの葛藤も生じた。

アレスのことだった。ザックが戦っているのはアレスのためであり、アレスの代わりになるために身を捧げているからだ。そのことはわたしが一番よく知っていた。

だが、このまま魔王を倒してしまえば、アレスが死んだまま世界は進んでしまう。

迷った結果、わたしはザックに話をした。魔王の城まであと一歩と迫ったところだった。

「もしアレスが生きている世界に戻れるとしたら、どうする？」

ザックは目を見開いた。

「戻る？　生き返るのではなく？」

「生き返りはしない。死ぬ前に戻り、再びやり直すだけだ」

「記憶は？」

「残らない。わたしだけが覚えている。ただ、アレスが死なないように導くことはできる」

ザックはわたしを見つめて、しばらく黙った後、口を開いた。

「魔王はどうなる？　あと少しってところまで来たけど、またここまで来られるかな？」

「……わからない」

わたしは正直に答えた。ここまで来られたことが奇跡のように思えて、もう二度と再現できる自信がなかった。

「じゃあいいよ」

「えっ？」

「もう一度やり直すのはしんどいでしょう？　僕だって『人生をもう一度やり直せ』って言われてもできないよ。もうあんな大変な思いはしたくない」

彼は笑って言った。

「しかし、このままではアレスが……」

「アレスのことは残念だし、もちろん、生き返るなら生き返らせてほしいけど、その代わりに今までのことが全部なかったことになってしまうんだったら、それは違うと思うんだ。僕だけじゃない。みんなの苦労が無駄になってしまう。だから、僕はこのまま進むよ」

「……いいのか？」

「ああ、これは僕が選択したことだ。僕はアレスを見殺しにする。

僕がアレスを殺したんだ。

だから、そんな辛そうな顔をしなくていいよ」

顔？　巫女の力によって、神殿から魔王領に投影されたわたしの姿は幻影にすぎず、老若男女の区別すらつかないはずだ。表情などわかるはずがない。わたしはいつも神殿から見ているだけで、何もできない存在なのだ。

「わたしのことなど、おまえにわかるはずがないだろう」

「何となくだけどわかるよ。雰囲気かな？　シェラさんにちょっと似ている気がしていたんだ。優しいお母さんみたいな人じゃないか、って勝手に思っていたんだよ」

シェラ……アレスの母親だ。彼女は息子が勇者になることを快く思っていなかった。それはそうだろう。わたしとて自分の娘を勇者なんかにしたくない。こんな過酷で危険な旅に、自分の子どもを送り出したい親などいないだろう。だが、わたしは他人の子にそれを強いて、その結果アレスを死なせてしまった。

「わたしは……優しくなどない」

「そうかな？　僕はそうは思わないけど。預言者の目的は魔王を倒すことでしょう？　でも、後一歩でそれが叶《かな》うかもしれないのに、またやり直す提案をしている。優しくないとできないよ」

「……………」

「でもさ、もし僕が魔王を倒せずに死んでしまったら、もし僕がやり直すことになったら、次は旅に出る前に魔法が使えるように導いてほしいな。僕は不器用だから覚えさせるのはなかなか大変だと思うけど、宜《よろ》しく頼むよ。そしたら、今度こそ僕はアレスの仲間として、あいつを死なせることなく、一緒に旅ができると思うんだ」

ザックは冗談でも言うかのように、自分の後悔を、本当の願いを告げて、話を締めくくるとその場を去った。

その後、ザックたちは壮絶な死闘の末に魔王を倒し、わたしの千年にもわたる旅は終わりを告げた。

※　※　※

ようやく長い輪廻《りんね》から解放されたわたしは歓喜に打ち震えた。やっと、終わりを迎えることができる、人として死ぬことができる、と。

だが、その喜びも一夜明け、眠りから覚めた瞬間に消《き》え失《う》せた。

「死んだ人たちはもう帰らない」

アレスのことだけではない。もっと大勢の人間がわたしの選択のせいで死んでいった。初めのころの『世界編纂《せかいへんさん》』では多くの人間が助かるように努力していたのに、いつしかわたしはそれを疎《おろ》かにするようになっていたのだ。「どうせ無駄になる、どうせ意味がない」と。

だが、今回は魔王を倒すことに成功してしまったのだ。本当はもっと多くの人間を助けることができたはずなのに。

その後は、ずっと自分のことを責め続けた。早く己の命が尽きてほしいと、それだけを願った。

※　※　※

何年かして、死を願い続けるわたしの前に現れたのがアレクシアだった。

神殿を守護する神官たちと長い押し問答をした末に、半ば強引に聖域に入ってきた。

どうやら、娘はソロンに唆されて、ザックの居場所を聞くためにここに来たらしい。

確かに預言者の幻影は、いまもザックの影法師となったままになっている。

しかし、

(何と愚かな娘だ)

わたしの苦悩も、ザックの想《おも》いも、ろくに知らずに興味本位で神域に立ち入るとは。

わたしの心に黒いものが頭をもたげた。アレクシアにすべてを教えた後、自死するために使っていた毒酒を勧めた。

「あなたも巫女の一族であれば、その覚悟を示しなさい。死の恐怖に打《う》ち克《か》てるのであれば、ザックの居場所を教えましょう」

ただの脅しだった。そう言えば甘ったれた娘が帰ると思っていた。

だが、アレクシアは
「わかりました、お母様」

と答えると、毒酒を飲み干した。

そして、わたしのことを見つめながら、苦悶《くもん》の表情ひとつ見せることなく優しい微笑みを残して死んでいったのだ。

アレクシアの死を目の当たりにして、わたしは自分が何のために『世界編纂』をしてきたのか思い出した。

この子を救いたくて、わたしは何度も死を越えてきたのではなかったのか、と。

この子にはこの子の覚悟があってここにやってきたのだ。それをわたしは自分の鬱屈した気持ちのはけ口にしてしまったのだ。

わたしは短剣で自らの喉を貫くと、アレクシアの身体に折り重なるように倒れ、最後の『世界編纂』を行った。

再び意識を取り戻したとき、魔王を倒す前の時間に戻っていなかったことに、微《かす》かな安《あん》堵《ど》と罪悪感を覚えた。

どうやら、アレクシアが来る一日前に戻ったらしい。

わたしは神官たちに、アレクシアが来たら通すよう指示を出し、二度目の娘の来訪を待った。

※　※　※

扉が閉まる音を聞いてから目を開き、アレクシアが去ったのを確認した。

聖域に静寂が戻る。

「ありがとう、アレクシア。愛《いと》しい私の娘」

何をしても、何をやっても、繰り返すたびに、皆がそのことを忘れていく孤独な旅だった。

報われることなど何ひとつなく、わたしの導きのせいで、わたしの選択のせいで、死んでいく人たちを見続ける辛い旅だった。

感謝の言葉など言われたことなどなく、呪われた役割だと思っていた。

「でも、本当は誰かに言ってほしかった……」

アレクシアの言葉が胸の奥に染み込んでいく。

もはや足に力が入らず、祭壇にもたれかかり、喜びと悲しみがないまぜになった涙が流れた。

――もう二度とあの子と会うことはない――。

それが自分自身に与えた唯一の贖罪《しょくざい》だった。

勇者の章

二年ほど旅をした後、僕は滅びたマリカ国があった場所に来ていた。父さんの生まれ故郷であるレティンの村が、僕の旅の一応の目的地であった。

マリカ国は魔王領にもっとも近い国であったため、魔王を倒してから二年経《た》っても荒れ果てており、人の気配はほとんどなかった。

(行っても何もないかもしれないな)

死んだ父さんは、レティンの村にいる祖父に僕を会わせたい、といつも言っていた。それでここまで来たのだが、この分では村自体がなくなっている可能性もある。

父さんも母さんもいなくて、祖父もいなかったら、一体僕はどこへ行ったものか。

アレスの代わりに魔王を倒すために生きてきた。

それを成し遂げた後、正直何をしたらいいのかわからなかった。旅をしながら冒険者の真似事《まねごと》のようなことをしていた。村や町の再建を手伝ったり、頼まれて魔物を倒したりもした。人に感謝されると、少しだけ満たされたような気がした。

僕の人生はいつも間に合わなかった。父さんと母さんを助けに行きたかったけど、子どもだった僕には何の力もなかった。アレスと一緒に剣や魔法の練習をしたけど、全然身に付かなかった。父さんの子どもなのに剣が上手《うま》くならなかった。母さんの子どもなのに魔法が使えなかった。

だから、勇者にされたアレスの力になれなかった。見殺しにしてしまった。

アレスとしてファルム学院に入って何とか剣技や魔法を覚えたけど、それだって大したものじゃない。それは僕が一番よくわかっている。

頑張って頑張って勇者になったけれども、魔王を倒すことができたのは、レオンやマリア、ソロンがいてくれたおかげだ。決して僕の力ではない。

預言者に頼めば、ひょっとしたらアレスが生きていた世界もあったかもしれない。

でもそれだけはできなかった。それだけはやってはいけないことだと思った。

僕の人生はうまくいかないことだらけで、助けたかった人を誰も助けることができなかったけど、それでも精一杯やってきたし、自分のしてきたことをなかったことには、偽りにだけはしたくなかった。

でも……結局僕に残ったものは何もない。ザックに戻り、三人の友達とも別れ、独りで旅をするのは虚《むな》しいものがあった。

アレクシア姫に会いたいと思った。彼女は僕に「死なないでね！　魔王なんか倒さなくてもいいから！」と言ってくれた。あの言葉は嬉しかった。僕を勇者ではなく、ひとりの人間として心配してくれたからだ。アレスという勇者ではなく、僕のほうを向いてくれていた。

とはいえ、王都に戻ることはできない。戻ればすべて台なしになってしまう。

※　※　※

他国に逃れたマリカ国の人たちから聞いて作った地図によると、レティンの村があった場所にはもうそろそろ着くはずだった。村が残っていれば、の話だけど。

遠くの空に白い煙が見えた。誰か人がいる。少しだけ歩く足に力が入った。

そうして進んだ先に、村らしきものがあった。建物はボロボロだけど、人がいた。

僕がそのまま歩いて行くと、村のほうからひとりの老人が近づいてきた。身なりはあまりよくない。生活の大変さが窺えた。

「わしはここレティンの村長だ。ひょっとしてヴィンスの縁者かな？」

老人が言った。ヴィンスは僕の祖父の名前だ。

「孫でザックといいます。父はルークです」

「ルーク……懐かしいな。あいつは元気か？」

「魔王軍と戦って死にました」

「そうか……」

老人は目をつむって少しうつむいた。亡くなった者に哀悼を捧《ささ》げるように。

「この村でも多くの人間が死んだ。ヴィンスもだ」

やはり祖父は亡くなっていたらしい。期待はしていなかったけど、少しだけショックだった。

「君はヴィンスによく似ているよ。だからわかった。来なさい。墓に案内してやろう」

そう言うと老人は歩き出した。僕もそれに続く。

途中で何人かの村人と会ったが、老人が、

「ヴィンスの孫だ」

と説明すると、みんなから握手を求められた。

「君のおじいさんには助けられた」と。

案内された先は、村はずれの朽ち果てた家だった。山に近く、少し高いところにあって、レティンの村を一望できた。その傍《かたわ》らに小さな墓標があった。

「ヴィンスが住んでいた家だ。ルークもここで生まれた。この墓標は、わしがこの村に戻ってきたときに真っ先に作ったものだ。遺体はここにはない。せめてもの気持ちだ」

老人は胸の前に手を合わせて祈った。僕もそれに倣《なら》う。

「祖父はどんな人だったんですか？」

父さんからは「世界で一番尊敬している」と聞いていた。村人の様子からも立派な人だったことが窺えた。

「不器用なヤツだったよ」

老人は笑った。意外な答えだった。

「わしとヴィンスは幼なじみだった。小さいころから一緒に遊んでいたが何をやるにしても、わしのほうが上手くて、あいつは下手だった」

まるで僕とアレスの話をしているようだ。

「でもな、最後はヴィンスに負けていたと思う。わしは上手くできたらそれ以上やらないが、あいつはできるようになるまで執念深く続けるものだから、しっかり身体に身に付いた。ただ器用なだけでは、そういう者には勝てん」

嬉しそうに老人は語った。何故《なぜ》か自分が褒められたような気がした。

「祖父は狩人《かりゅうど》をやっていたと聞いていました。ただ、冒険者みたいなこともしていたとか」

小さいころに父さんから断片的に聞いた話だ。

「あいつは狩人の家に生まれて狩人になった。狩りを始めたときは全然駄目で、親父《おやじ》さんによく怒られていたよ」

「やっぱり執念深く続けたんですか？」

「執念深いなんてもんじゃない。あいつは獲物が捕れるまで山に籠もって戻ってこなかったんだ。一日や二日の話じゃない。何日もだ。さすがの親父さんも心配して連れ戻しに行ったくらいだ。それだけ時間をかけても獲物が捕れない不器用さも酷《ひど》いものだが、あの我慢強さも多分世界でも一番じゃないかと思ったよ」

何だか少し笑えてきた。僕は祖父に似たのかもしれない。

「そのうち狩りもできるようになって、嫁さんももらった。嫁さんは早くに亡くなってしまったが、綺麗で何でもできた人だったよ。ルークは嫁さんのほうに似たんだな。でもルークはヴィンスによく懐いていたよ」

祖母の話はあまり知らなかった。父さんが小さい頃に亡くなったので、父さんもあまり覚えてなかったようだ。

「で、わしは村長の家に生まれたから、畑仕事の傍《かたわ》ら村の面倒も見ていたわけだが、あるときから魔物が出るようになった。これには困った。何せ小さな村だから冒険者を雇うような金もない。そこでヴィンスに頼んだんだ。『魔物を狩れないか？』とな」

……無茶《むちゃ》な話だ。動物と魔物では危険度が段違いだ。狩人が魔物を狩れるなら、冒険者なんていらないだろう。

僕の怪訝《けげん》な視線に気づいたのか、老人は慌てて話を継いだ。

「無茶な話なのはわかっている。わしだって無理強いするつもりはなかった。でもヴィンスは引き受けてくれたんだよ。もちろん、狩りの代わりになる程度の報酬は渡した。冒険者の報酬に比べればささやかなものだがね」

祖父は随分とお人好《ひとよ》しだったようだ。

「ヴィンスのやることだからもちろん最初は上手くいかなかった。でもまあ、ヴィンスのことはみんなわかっていたから、そのうち何とかしてくれると期待していたよ。何だかんだ言ってもわしらはみんなあいつのことが好きだったし、頼りにしていた」

「それで、魔物を狩れるようになったんですか？」

「ああ、一年くらいかかったが、武器や罠《わな》を改良して、時間をかけて慎重に魔物を仕留められるようになった。おかげで助かったよ。ただ、その噂《うわさ》が広まって、他の村からも魔物退治を頼まれるようになった。あいつは嫌な顔ひとつせずに引き受けたよ。そうやって、ひとつずつ魔物退治をこなしていくうちに『辺境の勇者』なんて二つ名がついた」

「勇者……ですか」

その話は初耳だった。

「まあ、それだけありがたかったってことだな。本当の勇者は魔王を倒して、世界を救ってくれたが、わしらにとっては身近な魔物を倒してくれないと、まず明日が来ない。ルークはそんな父親に憧れて冒険者になっちまった。ヴィンスとしては狩人を継がせたかったようだが、ルークは狩人である父親よりも勇者と呼ばれる父親のようになりたかったんだな」

「そうですか」

父さんは「人を助けるために冒険者になった」と言っていた。それは祖父の影響だったようだ。

「ルークは冒険者になるために村を出たが、いずれ戻ってきてヴィンスの代わりに魔物を退治するつもりだったようだ。しかし、その前に魔王が現れ、この国への侵略を始めた」

魔王がマリカ国を侵略したのは、僕が六歳のときのはずだ。

「そのことに一番早く気付いたのはヴィンスだ。ある日、『魔物の様子がおかしい』と言いだした。魔物の数が増えて、動きが活発になってきたことから察したようだ。ヴィンスはわしに忠告したよ。『村を捨てて遠くへ逃げるべきだ』と」

「……どうしたんですか？」

答えは想像できた。

「わしは信じたが、村人たちは信じなかった。というより、皆逃げることなどできんかった。近くの村に逃げたって同じことだし、遠くの場所に当てなんかありゃせん。みんな今の生活を捨てて他所へ行くなんてことはできなかったんだ。ヴィンスの不幸な予想が外れてくれれば、それで済むことだ」

想像通りの答えだった。人は都合の良い方向にしか考えない。冷静に考えずに、そうであってほしいという願望を捨てられない。でも、それは仕方のないことかもしれない。

「結局、あいつは正しかった。ある日、村に魔物の大群が迫ってきたことをヴィンスが告げた。村人はそれでも信じようとはしなかったが、自分たちの目で魔物が見えるようになってようやく信じた。もちろん、そうなったときは手遅れだ」

「それでどうなったんですか？」

「わしとヴィンスはふたりで逃げる準備を進めていた。何を持っていくかとか、どの道を使うかとか、誰から逃がすかとか色々とな。その準備通りに村人たちを逃がしたよ。わしが皆を先導した。あいつは一番後ろだ。あらかじめ用意した罠で魔物たちを足止めする役だ」

「それでは祖父は……」

「ああ、そのときに死んだ。村人たちをひとりでも多く逃がすために、最後まで魔物と戦ったらしい。村人も何人も死んだ。だが、あいつのおかげで助かった命も多かった」

父さんも母さんも人のために戦って死んでいった。祖父もまた同じように人のために戦って死んでいったのか。

「ヴィンスが用意した道は隣の国へ向かうものだった。マリカ国は滅んだが、レティンの村から逃げた者はそのおかげで助かった。今ここに村人たちが戻って、村が立ち直りつつあるのはヴィンスのおかげだ」

老人の目が潤んだ。

「実はな、魔物が襲ってくる何日か前に、わしはヴィンスに『一緒に逃げよう』と言ったんだ。わしの家族とヴィンスとでな。言っても聞かない村人たちのためにここに残る必要なんてなかったからな。でもあいつは頷《うなず》いてくれなかった。『ここに残る』と言った。わしには今でも理解できない。あいつを死なせなくなかった。あいつを失いたくなかった。なのに、結果はこうだ」

老人は労わるように墓標を触った。

「あいつは勇者だったよ。その勇者を殺したのはわしらだ。何故《なぜ》なら勇者は、わしらのような弱い人間のために戦っているんだからな。だがな、わしらにあいつが命を懸けるだけの価値があったのだろうか？　わしらがもう少し強ければ、もう少し賢ければ、あいつは死なずにすんだはずなんだ。あいつが犠牲になる必要はなかったはずなんだ。なのにどうして逃げずに残ったのか……」

老人は親友だった祖父の死を悔いていた。アレスを失った僕にも、その気持ちは痛切に理解できた。

　でも……。

「少しだけ、祖父の気持ちがわかるような気がします」

「あいつの気持ちが？」

　僕は眼下に広がるレティンの村を見た。決して大きくはなく、まだ戦いの傷も癒えていない。でも、村人たちは懸命に働き、しっかりと立ち直ろうとしていた。

　それはこの村だけじゃない。世界のいたるところで同じような風景が見られるはずだった。よくある平凡な日常とも言えるだろう。けれど、それは尊いものなのだ。

「それでも守りたいものがあったんですよ」

　祖父が守りたかったものは、確かに残っていた。

　何もないと思っていた僕にも、残っていたものはあった。

　ようやく、自分のことが誇らしく思えるようになった気がした。

　その日、僕は老人の家に泊まった。

　そして次の日から、祖父が守ったこの村の再建を手伝うことにした。

エピローグ

epilogue

わたしたちがレティンの村に行くのには、それから少し時間がかかった。

ソロンの転移魔法は一度行った場所にしか行くことができないので、マリカ国があった場所の近くにまで行って、そこからレティンの村を目指さなければならなかったからだ。

「魔法は万能ではない。行ったこともない場所の位置を特定して、移動できるはずもない」

ソロンは何故か胸を張って言った。

しかし、それならタリズ村には行ったことがあることになる。

「……アレスの両親に会ってみようと、近くにまで行ったことがある。だが、結局は会うことができなかった」

彼は少し不機嫌そうに、照れ臭そうに答えた。

ああ、この人は傲岸不遜な人間に見えて、その実、臆病で優しい人なんだ。自分でシェラさんを訪ねて問うことができなかったから、そこをわたしに頼りたかったのだろう。

転移した先の街から馬を借りて、レティンの村を目指した。

わたしは馬は得意だが、意外なことにソロンも馬に乗ることができた。

「あまり得意ではなかったが、旅の途中で長いこと乗る機会があったからな。ザックに教えてもらったものさ。あいつに教えてもらった、数少ないことのひとつだ」

ソロンは誇らしげだった。

※　※　※

マリカ国があった場所は、魔王軍の侵略の傷跡がいまだに残っていて、国土全体が荒廃していた。

「魔王領に近づけば近づくほど、こういう場所は多くなる」

ソロンは特に何の感慨もないようだ。かつての旅で、こういった光景をたくさん見てきたのだろう。

だが、国から出たことがなかったわたしには衝撃的だった。いかに自分が何も知らなかったかがわかる。きっとお母様はもっと壮絶な光景を何度も見てきたのだろう。

ようやくたどり着いたレティンの村は、海の近くに位置していた。

建物や畑はまだ大分荒れているが、それでも通ってきた他の場所に比べれば、かなり良いほうだ。人が生活していることを示す煙が、空に何本かたなびいている。

畑仕事をしていた村人にザックのことを聞くと、すぐに居場所を教えてくれた。

彼は二年前にこの村にやってきて、村の復興の手伝いをしているらしい。精力的に働いてくれるし、時折現れる魔物も討伐してくれるので、ありがたい存在のようだ。

言われた場所に行ってみると、彼は家屋のレンガを積んでいた。

栗毛色《くりげいろ》の少し跳ねた髪に、それに合わせたような茶色い瞳。年相応の外見にはなっているが、基本的には変わっていない。村人の恰好《かっこう》が似合いすぎて何の違和感もないが、そこがまた彼らしかった。

ザックは近寄ってくるわたしたちにすぐに気づいた。勘が良いのは、さすが勇者といったところか。

「あれ、ソロンじゃないか!?」

彼は驚いていた。まあ、驚いてもらわなければ困る。こっちはここまで来るのに苦労したのだ。

ソロンはつかつかと歩いていくと、ザックのことを抱きしめた。

「捜したぞ」

その一言だけだったが、とても重みを感じた。

「ああ」

ザックもそう答えて、抱き返しただけだった。

少しして、彼はわたしに目を向けた。

「ひょっとしてアレクシア姫？　なんでここに？」

わたしのことを覚えていてくれたことが嬉しかった。

ソロンはザックから少し離れて、距離を取った。

「あなたの嘘《うそ》は知っています、わたしも、シェラさんも」

そう言うと、ザックは驚いた顔をした。

「……困ったな。……そうか、そうなのか。でも王女がそんなことを言うために、わざわざここに？」

「約束を果たしに来ました」

「約束？」

「好きな人と結婚する、っていう約束を果たしに」

「えっ？」

彼は不思議そうな顔をした。ソロンはニヤニヤと笑っている。

「好きな人って、僕のこと？」

察しの悪い人だ。わたしは黙って頷いた。

「えっと……」

ザックは顔を赤らめて、困ったように頭を掻いた。

そして、少し考えた後に言った。

「王都で美味《おい》しいスイーツの店を知っているんだ、良かったら一緒にどう？」

とあるスイーツの店にて

At a certain sweets shop.

最近の王都はちょっと騒がしい。

死んだはずの勇者様が戻ってきたのだ。

どういうことなのかというと、勇者様の功績を文献にまとめているうちに、実は生きているのではないかということがわかって、王女様が捜し出してきたらしいのだ。

王女様がまとめた文献は大々的に発表されて、勇者様の足跡が明らかになった。

それによると、勇者様は最初は勇者じゃなくて、勇者だった親友の人が亡くなって代わりに勇者となり、数多《あまた》の艱難辛苦《かんなんしんく》を乗り越えて、ついには魔王を打倒したというのだ。

まとめられた勇者様の文献は本になって出版され、涙なしでは読めないと王都では大ブームだ。お金がある人は本を購入するし、お金はないけど文字が読める人たちは回し読みをし、お金も文字も読めないような人たちは、この本の朗読会に行って、その話に聞き入った。

おかげで勇者様の人気は凄《すご》いものがある。こんな人に王様になってほしいものだ、という人たちも増えている。勇者様が王女様と結婚して王様になるかどうかはわたしたちにはわからないけど、そうなってほしいとわたしも思う。

本がブームになった後、勇者様の凱旋《がいせん》パレードが大々的に行われた。剣聖様、聖女様、賢者様が揃《そろ》い踏《ぶ》みしたパレードは他国からも人がやってくるほど大盛況で、わたしも遠くから見たけれど、遠すぎて勇者様たちのお顔はよく見えなかった。勇者様は噂《うわさ》によると肖像画通りのカッコいい人らしい。一度近くで見てみたいものだ。

※　※　※

わたしのお父さんはお菓子職人で腕が良い。王都の下町にあるお父さんのお店は小さいけれどいつも繁盛している。下町なので、基本的には庶民が買いに来る店なのだけれど、時々、貴族の使いの人とかもやってきて買っていったりする。庶民向けなのに、お父さんのお菓子を食べたい貴族がいるというのが、この店のちょっとした自慢でもある。

わたしも小さいころからお店の手伝いをしていて、少しずつ自分のお菓子を作るようになった。最近は一品だけお店に並べさせてもらっている。

お菓子作りは意外と重労働だ。重い材料を運んだり、生地をこねたり練ったり、材料を延々とかき混ぜたり。火傷《やけど》もするし、手も荒れる。なので、本当は男の人がやる仕事なんだけど、わたしはお父さんみたいになりたいので毎日毎日開店前に頑張って作っている。

少しずつ上達しているはずだけど、見た目とか味とかお父さんのものには及ばないから、なかなか売れない。

だから、いつも祈るような気持ちでお客さんを見ている。

(わたしのお菓子、買ってくれないかなー)と。

わたしのお菓子がお店に並ぶようになった頃、お店にくる常連さんがひとり増えた。

お父さんによると、その人は元々ファルム学院の学生さんで、十年以上前にお店によく来ていたらしい。でも、卒業してからまったく姿を現さなくなったそうだ。

彼の姿を見かけるや否や、お父さんは厨房《ちゅうぼう》の中から飛び出して彼に抱きついた。

「久しぶりじゃないか！」と。

珍しい。お父さんは職人気質《しょくにんかたぎ》なのであんまり感情を出さないのだが、その姿はとても嬉《うれ》しそうだった。

彼も「お久しぶりです」と、にこやかに笑った。

年は二十代半ばくらいで、栗毛色の少し跳ねた髪に茶色い瞳。見るからに庶民という感じの平凡な男性だった。

お父さんは彼とひとしきり話すと、お店に並んでいたお菓子を全種類押し付けた。

「持っていってくれ！　全部食ってみてくれ！」と。

彼はちょっと困った顔をして、お金を払おうとしたが、お父さんはそれを拒んだ。

お客さんにタダでお菓子をあげるなんてしたことがなかったので、これにはわたしも驚いた。

結局、その人は「また来ます」と言って、大量のお菓子を抱えて店を後にした。

お父さん曰《いわ》く、その人は自分の恩人なのだという。

わたしが幼かった頃、大きな店で菓子職人をしていたお父さんは独立して、庶民向けのお店を開いた。だけど、最初はお客さんが来なかったらしい。

そもそも、お菓子というのは贅沢品《ぜいたくひん》で、特に庶民にとっては滅多《めった》に食べられる物ではない。だから、たまに食べるお菓子はできるだけ美味しい物を食べたいのだ。そういうわけで、お菓子に対する期待がかなり高くなってしまう。

この期待に応えられるお菓子というのが、とても難しい。

お父さんは試行錯誤して、たくさんのお菓子を作って店頭に並べたようだが、みんなに受け入れられるお菓子はなかなかできなかったそうだ。

そんな時に現れたのが、当時学生だった彼だった。

彼はいつもお菓子とにらめっこしながら、ぶつぶつと神の名を呼ぶという一風変わった客だったそうだ。買うのはいつも一品。学生だからそれ以上買うお金はなくて、真剣に悩んだ末に買うお菓子を決めていた。

ただ、買ったお菓子は自分で食べるんじゃなくて、彼女へのプレゼントだったらしい。彼は「彼女ではない」と否定していたらしいが、お父さんはそうに違いないと確信していた。でなければ、あんなに一生懸命貢げるはずがないと。

その彼女というのが、とんでもない女の人で、渡したお菓子が気に入らなかった時は、彼を酷《ひど》い目に遭わせていたようだ。

学院の屋上から宙吊《ちゅうづ》りにしたり、魔法の的にしたり、崖から蹴り落として、登ってきたところをもう一回蹴り落としたりと、信じられないような話ばかりだ。

「この間の菓子はどうだった？」

「駄目だったみたいです」

というのが、当時のお父さんと彼との間でよく交わされていた会話らしい。

彼は他のスイーツ店にも行っていたみたいだけど、お父さんはかわいそうな彼のために、彼女の口に合いそうなお菓子を作るようになった。あとは自分では食べない彼のために、試食などもさせてあげたらしい。

彼はなんでそんな女の人と付き合っていたんだろう？　お菓子を買ってこさせて、気に入らなかったら酷い目に遭わせるなんて、きっと顔も性格も悪い人に違いない。

けれども、お父さんがその女の人の好みにあわせてお菓子を作っているうちに、うちのお店の評判は徐々に上がっていった。

なんでも、彼のお菓子を見る目がどんどん良くなっていって、たくさんあるお菓子の中から、彼が選んでいくお菓子は他のお客さんにも受けが良かったらしい。

そのうち、彼がお店にきたら、たくさんの試作品を見せて、試食させて、その中から一品選んでもらうことにしたようだ。

　で、彼が選んだお菓子は、翌日からうちの棚の一番良いところに陳列された。

　そうこうしているうちに。毎週のようにハズレのない新しいお菓子を並べる店として、うちの店は大人気になっていった。

「うちの店が今あるのは、あいつとあいつの性格の悪い彼女のおかげだ」

　とお父さんは言っていた。

※　※　※

　それから一週間後くらいに、その人はうちのお店にやってきた。

　しかも、女の人と一緒に、だ。

　綺麗《きれい》な金髪を後ろにまとめた、眼鏡をかけた仕事のできそうな女性である。恰好《かっこう》からするにお城の文官さんか大きな商店の受付の人だと思う。よく見れば結構な美人さんだ。

「まさか、あのときの女か？」

　お父さんは彼にこっそりと聞いた。

　彼は笑って「違いますよ」と答えた。

「良かった、あんな悪い女と縁が切れて、本当に良かった」

とお父さんは泣いた。

彼は困った顔をして苦笑いをしていた。

ただ、それから妙なことが起こった。

彼が来たすぐ後に、新規の女性のお客さんがやってきたのだ。

スカーフで目深に頭を覆っているため、顔はあまり見えないのだが、店員として真正面から相対すると、とんでもない美人だった。陶器のような白い肌に、神秘的な黒い目、スカーフから覗いている黒髪もまるで絹のようだった。

「少し前にいらしたお客さんがいるでしょう？　茶色い髪をした若い男の人。彼が買っていったスイーツをわたしも頂きたいの。あの人、スイーツ選びが上手なんですよ？」

嫣然《えんぜん》と微笑《ほほえ》んだこの美女の言葉に、わたしは何の疑いも抱かず、言われるがままにお菓子を包んだ。

「ありがとう」

代金を払い、お菓子を受け取った彼女は、ちょっと人目を気にするように去っていった。

その姿に、わたしはしばらくぼーっとしてしまった。

なんて美しい人なんだろう。きっと顔だけじゃなくて性格も美しいに違いない。

顔を隠しているのも、美しすぎるせいなのだろう。

それから少し時間をおいて、また新しいお客さんがやってきた。

がっしりとした体格で身なりも良くて、いかにも「騎士である」という風格を漂わせている金髪の男の人だ。顔も引き締まっていて恰好良い。ちょっと髭《ひげ》を生やしているが、それもまた色気があって素敵だった。

「ここはその……あいつが贔屓《ひいき》にしている店なのだろう。ザッ……いや、アレ……いや、その……栗毛色《くりげいろ》の少し跳ねた髪をした冴《さ》えない男だ。わかるか？」

わかった。本人は平凡なのだけど、色々とインパクトが強い人なので、すぐに理解できた。

「はい。最近いらっしゃるようになった人ですね？」

「そうだ、そいつだ。そいつの買っていった菓子をくれ。残っているやつ全部だ」

「あの……結構な量になりますけど、大丈夫でしょうか？」

とてもひとりで食べられる量ではない。

「問題ない。俺の婚約者の土産に使う。長いこと待たせたからな。良いものを食べさせてやらねば」

そう言ってニカッと笑った金髪の人の顔は、やっぱり素敵だった。

「婚約者様がいらっしゃるんですね。」

わたしはちょっとだけ残念な気持ちになった。

「婚約者といっても、従姉妹《いとこ》なのだがな。気心が知れた仲だし、俺が尊敬していた人の娘でもある。まあ俺にはもったいないくらいの女だよ」

金髪の人は少し照れ臭そうに笑った。その仕草がちょっと微笑《ほほえ》ましい。

こんなに立派な方なのに、可愛《かわい》いらしいところもあるなんて、ますます素敵だ。

金髪さんが帰った後、大分時間が経《た》って、閉店間際になってから、また新しいお客さんがやってきた。

今度は紫色のフードを着た、いかにも魔法使いっぽい人だった。魔法使いがスイーツ店に来るなんて珍しい。うちの店では初めてじゃないだろうか？

魔法使いというと、甘いものなんか食べずに、緑色のドロドロとした変なスープでも飲んでいるようなイメージがある。

その魔法使いさんは見るからに神経質で、気難しそうな顔をしていた。こういう人は要注意である。些細《ささい》なことでお店の商品に難癖をつけてきたりするのだ。

わたしは気合を入れて対応することにした。

「おい、今日、冴えない男が菓子を買いに来なかったか？　栗毛色の少し跳ねた髪をした男だ。わかるか？」

魔法使いさんはぶっきらぼうに聞いてきた。

（えっ？　この人も？）

これで三人目である。美女に騎士に魔法使いと、あの人は何をしている人なのだろうか？　普通の庶民にしか見えないのに。ひょっとしたら、美味《おい》しいお菓子を探し出す名人として有名なのかもしれない。

「いらっしゃいましたけど……」

「そうか。そいつと同じ菓子をくれ」

魔法使いさんの物言いは、まったく愛想というものがない。

「すいません。それらをすべて買っていったお客様がいらっしゃいまして……」

わたしは精一杯すまなそうに答えた。魔法使いさんが怒り出すかもしれないと思ったからだ。

「ちっ、レオンのヤツだな。貴族というのはこれだから……」

魔法使いさんは眉間に皺《しわ》を寄せたが、怒り出したりはせずに、独り言のようにぶつぶつと文句を言っていた。

「あの、当店では他にもお菓子はございますけど……」

わたしはこれでも看板娘なので、こんな面倒臭そうな人に対しても商品を勧めた。

「ふん」

魔法使いさんはちょっと不満げに鼻を鳴らした。

「あいつと同じものが食べたかったのだがな。しかし、店に来て買わずに帰るというのも道理がない。仕方ない。残り物をいくつか買っていこう」

何だろう。買って行ってくれるのだからお客さんには違いないのだけれど、一言余計なので素直に喜べない。

魔法使いさんはいかにも適当にお菓子を選んだ。その中には、わたしが作ったお菓子も含まれていた。

(どうしよう。わたしが作ったお菓子を食べて、もし気に入らなかったら、魔法でお店を燃やされてしまうかもしれない)

頭の中で、目の前の魔法使いさんが高笑いしながら店を燃やす光景を想像してしまった。実に様になっている。

「あの、その商品は……」

店に何かあってはたまらないと、わたしは自分のお菓子を買うのを止めようとした。

「何だ？　これを俺に買われて困る事でもあるのか？　この店は商品にならないものを店頭に並べているのか？」

実に不機嫌そうに魔法使いさんは言った。

こんなことを言われて、商品の購入を思いとどまらせることができる店員など存在しないだろう。わたしは仕方なく商品の合計金額を告げた。

魔法使いさんはつまらなそうに懐から代金を取り出し、わたしはそれを渋々と受け取った。

「ありがとうございました。またのご来店をお待ちしております」

お決まりの言葉を棒読みしながらも、もう来ないでほしいと願った。

※　※　※

また一週間くらい経って、お菓子選びの名人（？）が再び店を訪れた。今回も眼鏡の女の人が一緒だ。

お父さんがまた厨房《ちゅうぼう》から飛び出して、彼とふたりでお菓子の話を始めた。

彼はあまり説明がうまくはなかったけど、それでも一生懸命お菓子の良さを伝えようとするところに好感が持てた。

すると一緒にいた女の人が、わたしに言った。

「お菓子、とても美味《お》しかったですよ。お母様も美味しいと言ってくれました」

「それは良かったです。お母様とは仲がよろしいんですね」

「どうでしょう？　実は長い間会ってなかったんです。少し前に一回だけ会ったんですけど、その後はお母様が部屋に引き籠もってなかなか会えなくて困っていて。でも、この人が一緒にお母様のところに行ってくれて、無理矢理《むりやり》その部屋の扉を開けてくれたんです」

女の人は愛《いと》おしそうに彼のことを見つめた。彼はその視線に気づかず、お父さんとお菓子の話を続けている。

「それは……大変だった……んですね？」

何やら複雑な家庭の事情がありそうだった。踏み込んで聞いて良いものか迷ってしまう。

「ええ、大変でした。でもお母様も、彼にお菓子を勧められるとそれを黙って食べて、ぽつりと『美味しい』って言ってくれたんです。それから少しずつ話してくれるようになったんですよ。だから、今日もここのお菓子をお母様のお土産に買っていこうと思っているんです」

そう話す女の人は幸せそうだった。さすがお菓子選びの名人だ。お菓子で人を幸せにするなんて、なかなかできることではない。

この日も、彼が帰ったすぐ後に美人さんが来て、やっぱり同じお菓子を買っていった。その後に金髪さんが来て、買い占めていった。

最後に魔法使いさんがやってきた。また、閉店間際である。

「今日も売り切れか」

魔法使いさんは憮然《ぶぜん》としていた。相変わらず、不機嫌そうである。

（そう思うなら、もっと早く来ればいいのに）

わたしはそう思ったが、その考えを見透かすように魔法使いさんにジロリと睨《にら》まれた。

「仕方ない。では今日も残り物をいくつか買って帰るとするか」

やっぱり一言多い。でも前に買ったお菓子の文句も言わないし、突然呪文を唱えることもないし、案外気に入ってくれたのかもしれない。

「それとそれとそれをくれ。あと、それもだ」

魔法使いさんはお菓子を無造作に選んでいったが、その中には、またわたしのお菓子が入っていた。ひょっとして美味しいと思ってくれているのだろうか？

だけど、何か聞いたら嫌味《いやみ》しか返ってこなそうな感じなので、とてもお菓子の感想など聞けなかった。

※　※　※

そんな日が週に一度、何回か続いた。

お菓子探しの名人さんによると、美人さんも金髪さんも魔法使いさんも彼の大事なお友達らしい。

「だったら、みんなで一緒に来ればいいじゃないですか」と聞いたら、

「それぞれ立場があって忙しいから、なかなか集まる機会がないんだよ」と言われた。

そうだろうか？　金髪さんと魔法使いさんはともかく、あの美人さんなんかは、まるで後をつけているかのように彼が帰った直後に現れる。

そのことを言おうとしたら、背筋に冷たいものが走った。何やら外から視線を感じる。恐る恐る店のガラス越しに外を見ると、あの美人さんが立っていた。ニコリと笑った。コワイ。

……止めよう。お客様に余計なことを言ってはならない。自分のためにも。

その日の最後のお客さんも魔法使いさんだった。

いつものように売り切れている商品を確認すると、いつものように売れ残っているものの中から、わたしの作ったお菓子を含めたいくつかの商品を選んでいった。

選ぶお菓子はバラバラなのだが、わたしのお菓子だけはいつも選んでくれている。

やっぱり、わたしのお菓子が好きなのだろうか？

「そのお菓子、いつもお買い上げですけど、美味しいですか？」

思い切って聞いてみた。

「不味《まず》いな」

……聞くんじゃなかった。やっぱり、この魔法使いさんは最悪だ。

「この菓子はおまえが作っているんだろう？」

魔法使いさんは笑って言った。

嫌な人だ。わたしが作っているとわかっていて、不味いと言ったのだ。

「そうですけど……」

「おまえがこの菓子を見る目だけが他とは違う。これだけを感情の籠もった眼差しで見ていた。だからわかった」

さすが魔法使いだ。よく見ている。

「なんで不味いのに、いつも買っていくんですか？」

わたしは拗ねたように聞いた。

「ふむ、他の菓子は完成されていて美味《うま》い。ただな、未完成のものにもそれはそれで価値があるのだ。未完成だからこそ少しずつ美味くなっていることがわかる。成長している過程を楽しむというのかな。俺はそういうものに価値があることを友から教わったのだ」

友というのは、あのお菓子探しの名人のことだろうか？

魔法使いさんはわたしのことを見つめた。

「もちろん、その成長もおまえの努力があってのことだ。だから俺は毎回買っている。おまえが努力していなかったら買いはしない。失敗を恐れず挑戦しろ。心配するな、俺が買ってやる」

そう言うと、魔法使いさんは代金を払って帰っていった。

あの魔法使いさんはズルい。そういう魔法は本当にズルいと思う。

わたしは顔が赤くなったことを自覚した。

あとがき

私が『小説家になろう』というWEBサイトに小説を投稿し始めたのは、年齢的に大分遅く、四十四になった年でした。最初に書いた作品『モンスターの肉を食っていたら王位に就いた件』はほとんど反応を得ることができず、失意のうちに連載を終了させました。

そして、四十五になった年に、二作目である『誰が勇者を殺したか』を書き、多くの方から高い評価を頂いて、書籍化する運びとなりました（『モンスターの肉を食っていたら王位に就いた件』も、GCN文庫さんより同時期に書籍化されることが決まっています）。『小説家になろう』に投稿していたわけですから、当然小説家になりたかった。でも、私は単なる小説家になりたかったわけではありません。凄《すご》い小説家になりたかったのです。

さて、作家さんを含め、様々な方がWEB上に「欲しいものリスト」を掲載している昨今ですが、実は私にも欲しいものがひとつだけあります。

――本屋大賞が欲しい――。

ああ、言いたいことはわかりますよ？

多分、このあとがきを最初に読んだ担当者さんも、今読んでいるほとんどの方も、「馬鹿じゃないの？」と思ったことでしょう。四十四になってから小説を書き始めたようなおっさんですし、しかもライトノベルと呼ばれるジャンルですし、ほとんど不可能でしょうね。

でも、私がこの物語で書いたことは、そういうことなのです。

人から「できるはずがない」「なれるわけがない」と言われるようなことに挑む。馬鹿にされても頑張り続ける。ほんの少しでいいから自分に期待する。そういうことなのです。

もちろん、私は無理だとは思っていません。この作品は、老若男女問わず楽しめる物語だと自負しています。本屋さんが「これ面白いですよ」と、誰にでも勧められるような本になったと思っています。読書好きの人だけじゃなく、普段読書をしないような人にも読んでもらえる本であると。そう考えれば、本屋大賞の可能性も少しはあるでしょう？

それに、自分で宣言しないと、ライトノベルってジャンルなだけで俎上《そじょう》にすら載らない気がするのですよね。声を上げないと、対象として認識してもらえないのではないかと。

でも、たとえこの作品が歯牙にも掛けられなくとも、本が出せる限りは、本屋大賞が貰《もら》えるような凄い小説家を目指そうと思います。

まあ、四十五になって運よく小説家になったおっさんが、「本屋大賞が欲しい」と駄々《だだ》をこねて惨めに敗れ去っていったとしても、そこには何の悔いもありません。

だって、勇者みたいに生きてみたいじゃないですか。

本編でまともに
画に描けなかった
アレスくん．
違う世界線で
活躍する話は
観たいですね!!
2023吉日
taiga

誰《だれ》が勇者《ゆうしゃ》を殺《ころ》したか

著　駄犬《だけん》

角川スニーカー文庫　23839

2023年10月1日　初版発行
2024年11月20日　15版発行

発行者　山下直久
発　行　株式会社KADOKAWA
〒102-8177 東京都千代田区富士見2-13-3
電話　0570-002-301（ナビダイヤル）

印刷所　株式会社KADOKAWA
製本所　株式会社KADOKAWA

◆◇◇

●お問い合わせ
https://www.kadokawa.co.jp/（「お問い合わせ」へお進みください）
※内容によっては、お答えできない場合があります。
※サポートは日本国内のみとさせていただきます。
※Japanese text only

Printed in Japan　ISBN 978-4-04-114184-7　C0193

★ご意見、ご感想をお送りください★
〒102-8177 東京都千代田区富士見2-13-3
株式会社KADOKAWA　角川スニーカー文庫編集部気付
「駄犬」先生「toi8」先生